보
물
섬

일러두기
- 이 책은 Robert Louis Stevenson, 『*Treasure Island*』(Project Gutenberg, 2006)를 참고했습니다.

Treasure Island

보물섬

로버트 루이스 스티븐슨 지음

살림

로버트 루이스 스티븐슨 초상화

기롤라모 네를리(Girolamo Nerli, 1860~1926)가 그린 로버트 루이스 스티븐슨의 초상화다. 기롤라모 네를리는 19세기 후반 호주와 뉴질랜드에서 일하고 여행하며 그곳의 예술을 새로운 방향으로 옮기는 데 도움을 준 이탈리아 화가다. 스코틀랜드 국립 초상화 미술관에 있는 로버트 루이스 스티븐슨의 초상화는 작가에 대한 탐구적인 묘사가 가장 뛰어난 작품으로 꼽는다.

「로버트 루이스 스티븐슨과 그의 아내」

초기 인상주의의 대표적인 화가인 존 싱어 사전트(John Singer Sargent, 1856~1925)가 1885년에 그린 「로버트 루이스 스티븐슨과 그의 아내」 그림이다. 미국 아칸소주에 위치한 크리스탈 브릿지 박물관에 소장되어 있다.

로버트 루이스 스티븐슨 기념비

미국 캘리포니아주 샌프란시스코의 차이나타운 포츠머스 광장에 로버트 루이스 스티븐슨 기념비가 세워져 있다. 이 기념비 위쪽에는 그의 대표작인 『보물섬』에 나오는 '히스파니올라호'를 형상화한 동상이 있다.

보물섬 지도 삽화

1883년 여름, 스티븐슨은 가족과 함께 스코틀랜드 북부로 휴가를 떠났다. 그곳에서 그의 의붓아들 로이드는 섬 지도를 한 장 그렸다. 스티븐슨은 그 지도를 조금 더 정교하게 가다듬은 후, 그 섬에 '보물섬'이라는 이름을 붙였다. 그러자 로이드는 보물섬에 대한 이야기를 해달라고 졸랐고 스티븐슨은 아들과 가족들에게 들려주기 위해 소설을 쓰기 시작했다. 그리고 아들을 위해 쓴 작품이 『보물섬』으로 대성공을 거두게 되었다.

보물섬 **차례**

제1부 늙은 해적

제2부 바다의 요리사

제1부

늙은 해적

제1장 '벤보우 제독 여관'의 '바다의 늙은 여우'

　보물섬에 대해 내가 겪은 모든 일을 기록하기로 한 것은, 이 지방 대지주인 트렐로니 씨와 의사인 리브지 박사님을 비롯해 함께 일을 겪은 다른 사람들이 권해서였다. 다만 섬의 위치만은 밝히지 않기로 했다. 아직도 그곳에는 보물의 일부가 남아 있기 때문이었다.

　내가 지금 펜을 들고 있는 시기는 17**년이다. 나의 이야기는 우리 아버지가 '벤보우 제독 여관'을 운영하고 있던 시절의 어느 날, 구릿빛 얼굴에 칼자국이 난 늙은 뱃사람이 우리 여관으로 찾아온 날부터 시작된다.

　그가 무거운 발걸음으로 여관을 향해 왔던 때가 바로 엊그제일 같다. 그의 등 뒤로 트렁크가 실린 작은 수레가 따라오고 있었다. 그는 큰 키에 건장한 사내였고, 땋아 내린 머리는 더러운 파란 옷 깃 위까지 늘어져 있었다. 손은 온통 흉터투성이였고, 시커먼 손톱은 멀쩡한 것이 거의 없었다.

여관 앞에서 그는 휘파람을 불며, 칙칙한 목소리로 뱃사람 노래를 흥얼거리면서 문을 두드렸다. 이후로도 그가 자주 흥얼 거렸던 그 노래를 나는 아직도 잊을 수 없다.

죽은 자의 궤짝 위에 열다섯이 있었지…….
에헤라! 럼주가 한 병!

아버지가 문을 열어주자 그는 럼주를 한 잔 갖다달라고 했다. 아버지가 럼주 한 잔을 갖다주자 그는 천천히 감식하듯 술을 음미하면서 주변 절벽과 여관 간판을 바라보았다.

이윽고 그가 말했다.

"음, 편리한 곳이야. 목이 아주 좋은 술집이로군. 손님이 많겠 는걸, 주인장."

아버지는 그렇지 않다고, 손님이 없어서 걱정이라고 말했다.

"음, 그렇다면 여기 묵어야겠군."

그는 그 말과 함께 뒤를 돌아보며 짐수레를 밀고 온 사내에게 외쳤다.

"어이, 여기 묵을 거야. 짐을 좀 내려놔."

그런 후 그는 아버지에게 말했다.

"당분간 머물 거요. 난 까다로운 사람이 아니오. 럼주하고 베이컨과 계란만 있으며 되니까. 다른 건 필요 없어. 가만 있자, 주인장이 나를 뭐라고 부르면 될까? 그래, 선장이라고 부르면 되겠군."

그 말과 함께 그는 금화 서넛 닢을 계산대 위에 던졌다.

그는 마치 진짜 선장이라도 되는 듯 거만하게 덧붙였다.

"언제고 더 필요하면 말해."

그는 옷차림도 형편없었고 말투도 거칠기 짝이 없었지만 평범한 선원 같지는 않았다. 부하를 엄하게 다스리는 선장이나 부선장 같았다.

그는 대체로 말이 없었다. 그는 하루 종일 구리로 된 망원경을 들고 주변을 어슬렁거리거나 절벽 위로 올라가곤 했다. 저녁이면 그는 홀 구석 난로 옆에 앉아 독한 럼주를 마셨다. 누가 말을 걸어도 좀처럼 대답을 하지 않았고 사나운 표정을 지으며 콧김만 씩씩거릴 뿐이었다. 우리는 곧 그를 건드리지 않고 가만히 내버려두었다.

그는 매일 밖을 어슬렁거리다가 들어오면, 누구 뱃사람이라도 지나가지 않았느냐고 꼭 물었다. 그러던 어느 날 그가 나를 불렀다. 그는 내게 '외다리 뱃사람'이 나타나는지 잘 감시하라고, 만일 그런 사람이 나타나면 곧장 자신에게 알려달라고 말했다. 그는 그 대가로 매달 초에 4페니짜리 은화를 한 닢씩 주겠다고 말했다. 그리고 틈만 나면 내게 그 '외다리 뱃사람'을 상기시켰다.

그 정체 모를 '외다리 뱃사람'이 내 꿈자리를 얼마나 뒤숭숭하게 만들었는지 모른다. 폭풍우가 휘몰아쳐, 바람이 집을 뒤흔들고 파도가 포구와 절벽을 집어삼킬 듯 으르렁거리는 밤이면 그 '외다리 뱃사람'은 수없이 다양한 모습으로 악마 같은 얼굴을 한 채 내게 나타나곤 했다. 때로는 무릎 아래가 몽땅 잘려나간 모습이었고, 때로는 발목이 잘린 모습이기도 했다. 어떤 때는 몸뚱이 한가운데 다리 하나만 달린 괴물 모습으로 나타나기도 했다. 그중에 가장 무서웠던 것은, 그가 내게로 달려들어 들판에서 나를 쫓아오는 꿈이었다.

하지만 나는 선장을 다른 사람들처럼 그렇게 무서워하지 않았다. 저녁이면 그는 럼주를 감당 못 할 정도로 들이켜곤 했다.

그는 술을 마시면서 노래를 불렀고 사람들에게 자기 노래를 따라 하라고 강요하기도 했다. 사람들은 그가 무서워 서로 경쟁이라도 하듯 큰 소리로 따라했기에, '에헤라! 럼주가 한 병!'이라는 노랫소리에 여관 전체가 들썩이곤 했다.

하지만 사람들을 정말로 무섭게 한 것은 뭐니 뭐니 해도 그가 들려주는 이야기들이었다. 사람을 교수형에 처하거나 바다에 던져버린 이야기, 바다 한복판에서 폭풍우를 만난 이야기, 카리브해 등 여러 곳에서 겪은 무시무시한 이야기들이었다. 게다가 우리같이 순박한 시골 사람들에게는 선장의 말투까지 그 이야기 내용만큼이나 무시무시했다.

아버지는 이러다가 여관이 망하겠다고 걱정했다. 선장에게 저렇게 괴롭힘을 당하고, 억눌려 지내면서 누가 다시 우리 여관을 찾겠느냐는 것이었다. 하지만 나는 선장이 우리 여관에 득이 되었다고 생각한다. 사람들이 당장에야 겁을 먹은 게 사실이지만 시간이 조금 지나면서 그런 것들을 그리워하게 되었다. 이런 따분한 시골 생활에 젖어 있는 사람들에게 선장의 이야기는 활력소가 되었던 것이다.

그런 선장이 저항에 부딪힌 적이 딱 한 번 있었다. 불쌍한 우리 아버지가 폐결핵으로 세상을 떠나시기 얼마 전이었다. 어느 날 늦은 오후 리브지 선생님이 왕진을 와서, 어머니가 차려준 저녁을 들었다. 식사를 한 후 그는 파이프를 피우려고 홀로 갔다. 홀에서는 선장이 럼주에 잔뜩 취해 테이블에 두 팔을 올려놓고 목청껏 노래를 부르고 있었다.

그곳에 있던 사람들 중에 선장의 노래를 처음 듣는 사람은 리브지 선생님뿐이었다. 선생님은 정원사인 테일러 할아버지와 새로운 류머티즘 치료법에 대해 이야기를 나누고 있었다.

그때였다. 선장이 탁자를 강하게 내리쳤다. 우리는 모두 그것이 조용히 하라는 신호인 것을 알고 있었다. 리브지 선생님만 제외하고는 모두 입을 다물었다. 선생님은 아무 일도 없다는 듯 계속 또박또박 테일러 할아버지에게 말을 하며 파이프를 맛있게 빨았다. 선장은 그를 무서운 눈으로 바라보면서 다시 손으로 탁자를 내리쳤다. 마침내 선장은 욕지거리를 내뱉으며 선생님에게 말했다.

"거기, 그쪽 조용히 해!"

의사 선생님이 말했다.

"저 말씀입니까, 선생님?"

선장이 다시 욕지거리를 내뱉으며 그렇다고 하자 선생님이 조용히 말했다.

"선생, 당신께 해줄 말은 이것 하나뿐입니다. 선생이 계속 그런 식으로 럼주를 마셔대다가는 몹쓸 불한당 하나가 이 세상에서 사라지게 될 겁니다."

선장은 무섭게 화를 냈다. 그는 벌떡 일어나더니, 선원들이 쓰는 접는 칼을 뽑아 펼쳤다. 그는 그 칼을 흔들어대며, 선생님을 벽에 꽂아버리겠다고 위협했다.

하지만 의사 선생님은 눈썹 하나 까딱하지 않았다. 그는 먼저 번과 마찬가지로 침착하게 말했다. 다만 홀에 있는 사람들이 모두 들을 수 있을 정도로 톤이 조금 높아졌을 뿐, 차분하고 흔들림 없는 목소리였다.

"당신이 그 칼을 당장 주머니에 집어넣지 않는다면, 다음 순회 재판 때 당신은 교수형을 당하게 될 것입니다."

이어서 둘 사이의 눈싸움이 시작되었다. 하지만 선장이 곧 굴복했다. 그는 칼을 접고 자리에 앉았다. 그는 마치 싸움에 진 강아지처럼 낑낑거렸다.

의사 선생님이 계속 말했다.

"이제 당신 같은 분이 내 관할에 있는 걸 알게 되었으니 밤낮으로 지켜볼 겁니다. 나는 의사일 뿐 아니라 치안판사이기도 합니다. 누군가 당신에 대해 조금이라도 불평을 한다면, 설사 그게 오늘처럼 사소한 일이라고 할지라도 철저히 조사한 후 조치를 취할 겁니다. 당신을 체포해서 이곳에서 쫓아낼 겁니다."

　얼마 후 리브지 선생님의 말이 문 앞에 도착했고, 선생님은 말을 타고 가버렸다. 그날 저녁 선장은 내내 조용했고, 이후로도 마찬가지였다.

제2장 검은 개, 잠시 출현하다

그 일이 있고 난 후 일련의 수상한 사건들이 잇따라 일어났고, 결국 우리들은 선장으로부터 해방되었다. 하지만 그건 해방이라기보다는 오히려 더 복잡하게 얽히게 되었다고 보는 것이 옳다.

그해 겨울은 유난히 추웠고 모진 강풍이 많이 불었다. 아버지는 하루가 다르게 쇠약해 갔고, 나는 어머니와 둘이 여관을 꾸리느라 정신이 없었다.

그러던 1월 어느 날 이른 아침이었다. 살을 에는 듯 추웠고 포구는 온통 서리로 새하얗게 덮여 있었다. 선장은 평소보다 일찍 일어나 해변으로 내려갔다. 그의 낡은 푸른 외투 안에 단검이 매달려 있었고 겨드랑이에 망원경이 흔들거리고 있었다.

성큼성큼 걸어가는 그의 등 뒤로는, 그가 내뿜는 입김이 안개처럼 허공에 어리고 있었다.

어머니는 2층 아버지 곁에 계셨고, 나는 선장이 돌아오기를 기다리며 아침 식탁을 차리고 있었다. 그때 문이 벌컥 열리더니 한 번도 본 적이 없는 사내가 안으로 들어왔다. 안색이 납빛처럼 창백했으며 왼손 손가락 두 개가 없었다. 선원용 단검을 허리에 차고 있었지만 별로 싸움을 잘할 것 같지는 않았다.

내가 그에게 "뭘 드릴까요?"라고 묻자 그가 럼주를 달라고 말했다. 내가 럼주를 가지러 가려는데 그가 손짓으로 나를 가까이 오라고 했다. 나는 냅킨을 든 채 그 자리에 서 있었다.

"얘야, 이리 가까이 좀 와봐라. 내 친구 빌을 위해 식탁을 차리고 있는 거니?" 그가 눈을 찡긋하며 내게 물었다.

나는 빌이라는 사람은 모른다, 우리 여관 손님 식사를 준비하는 중이며, 우리는 그 사람을 선장이라고 부른다고 대답했다.

"네가 선장이라고 부르는 사람이 내 친구 빌일 거야. 내 친구 빌의 왼쪽 뺨에는 칼자국이 있고, 아주 맘씨 고운 친구지. 특히 술에 취했을 때는 더 그래. 그 친구 지금 집에 있니?"

나는 그가 산책을 나갔다고 대답했다. 그러자 그가 어디로 갔느냐고 물었다. 나는 절벽 쪽을 가리키며 아마 곧 돌아올 것이라고 대답했다. 그러자 그는 밖으로 나가 여관 문에 몸을 찰싹 붙인 채 마치 쥐를 노리는 고양이처럼 바깥 모퉁이를 살펴보았다. 나도 그의 옆에 있었다.

순간 그가 말했다.

"아, 저기 내 친구 빌이 오는군. 자, 꼬마야, 너는 나랑 함께 홀로 들어가는 거다. 우리는 문 뒤에 숨어 있는 거야. 그리고 우리 함께 빌을 놀래줄 거야."

그러더니 안으로 들어가 나를 자기 등 뒤에 세우고 열린 문 뒤에 몸을 숨겼다. 당연한 이야기지만 나는 겁이 더럭 났다. 게다가 그 낯선 사내도 점점 더 긴장하는 게 분명했기에 나는 더욱더 무서워졌다. 그는 단검 손잡이를 약간 뽑아내더니 칼집 안의 단검 날을 슬슬 움직여 보았다. 기다리는 내내, 그 사내는 마치 목구멍에 뭐라도 걸린 듯이 계속 침을 꿀꺽 꿀꺽 삼켰다.

마침내 선장이 돌아왔다. 그는 거칠게 문을 닫은 후 전후 살피지 않은 채 곧바로 식사가 차려진 식탁을 향해 걸어갔다.

"빌!" 낯선 사내가 드디어 입을 열었다. 억지로 힘주어 또박또박 말하려는 기색이 역력했다.

선장이 몸을 획 돌리더니 우리와 마주 섰다. 그의 코끝까지 창백해졌다. 마치 유령이나 악마, 혹은 그보다 더 무서운 것—

만일 그런 게 있다면—을 본 것 같은 표정이었다.

"빌, 나를 알아보겠나? 자네의 오랜 배 친구 아닌가, 빌."

선장은 헉 하며 숨을 들이켰다.

"검은 개!"

"달리 누구겠나? 늘 변함없는 검은 개가 그의 오랜 바다 친구 빌을 만나러 벤보우 제독 여관에 온 거라네."

"용케도 찾았군. 그래, 용건이 뭐야?"

"이, 착한 아이에게 럼을 한 잔 주문할 참이었지. 우리 어디 앉아, 오래된 친구로서 툭 터놓고 이야기를 좀 나누어볼까?"

내가 럼주를 가지고 왔을 때 두 사람은 선장 몫의 아침이 차려진 식탁 앞에 마주 앉아 있었다. 나는 둘을 내버려둔 채 바 뒤로 돌아왔다.

그들이 무슨 이야기를 나누는지 귀를 기울였지만 소용없었다. 그들이 아주 낮은 목소리로 소곤거렸기 때문이었다. 그러나 차츰차츰 언성이 높아지기 시작하더니 그들이 하는 말이 내 귀에 들리기 시작했다. 대부분 선장의 입에서 나온 욕설이었다.

"안 돼, 안 돼! 절대 안 된다고! 다 끝난 거야! 결국 교수형을 받을 거고 아무도 못 빠져나갈걸!"

그러자 갑자기 온갖 욕설이 난무하기 시작했다. 이어서 의자와 식탁이 쓰러지는 소리, 쇠붙이끼리 부딪히는 소리가 들렸고 고통에 찬 비명 소리가 들렸다. 잠시 후 검은 개가 필사적으로 도망가는 모습이 보였고, 선장이 그 뒤를 바싹 뒤쫓았다. 둘 다 단검을 손에 들고 있었다. 검은 개의 왼쪽 어깨에서 피가 흐르고 있었다. 밖으로 나간 검은 개는 걸음아 날 살려라, 언덕을 넘어 사라졌고 선장은 멍한 표정으로 입을 벌린 채 서 있었다. 그는 손으로 눈을 몇 차례 비빈 뒤, 안으로 들어왔다.

그가 내게 말했다.

"럼주를 가져와. 여기를 떠나야겠다. 빨리 럼을!"

나는 허둥지둥 럼주를 가지러 갔다. 럼주를 가지고 돌아오는데 홀에서 뭔가가 쿵 하고 쓰러지는 소리가 났다. 얼른 달려가 보니 선장이 바닥에 길게 쓰러져 있었다. 순간 고함 소리와 요란한 싸움 소리에 놀란 어머니가 급히 계단을 뛰어 내려왔다. 어머니와 나는 선장의 머리를 들어올렸다. 선장은 거칠게 숨을 몰아쉬며 눈을 감고 있었다. 안색이 끔찍할 정도로 창백했다.

"어머나! 도대체 이게 무슨 일이니? 아버지도 편찮으신데!"
어머니가 외쳤다.

우리는 도무지 어찌할 바를 모르고 있었다. 그때 다행히도 리브지 선생님이 들어왔다. 아버지의 병환을 살피기 위해 들른

길이었다.

"선생님, 어떡해요! 어디 크게 다친 모양이에요!" 어머니와 내가 동시에 외쳤다.

그러자 의사 선생님이 말했다.

"쳇! 다쳐요? 우리처럼 멀쩡해요. 그냥 발작을 일으킨 거지. 내가 전에 경고했잖소. 자, 호킨스 부인, 당신은 빨리 남편 곁으로 가요. 이 친구는 내가 돌볼 테니. 짐, 가서 대야를 가져 오너라."

내가 대야를 가져오니 선생님은 이미 여러 가지 문신이 새겨진 선장의 근육질 팔을 걷어 올려놓고 있었다. 문신들 중에는 '행운이여!', '순풍이여, 오라!', '빌리 본즈에게 기쁨을!' 등등의 문구들이 아주 선명하게 새겨져 있었고 배의 그림이 그려져 있었다.

의사 선생님이 그의 팔에서 엄청난 양의 피를 뽑고 나자 그가 눈을 떴다. 그는 몽롱한 눈으로 주위를 둘러보더니 의사 선생님을 알아보고 얼굴을 찌푸렸다. 그는 내 얼굴을 보더니 일어나려 애쓰면서 외쳤다.

"검은 개, 어디 있냐?"

그러자 나보다 앞서 의사 선생님이 말했다.

"당신 상상 속에서나 있겠지. 당신은 계속 럼주를 들이켰고,

내가 경고한 대로 발작을 일으킨 거요. 참으로 유감스럽게도, 당신이 이미 그 머리를 디밀었던 무덤에서 내가 당신을 빼내온 거요. 자, 내가 경고하는데 럼주는 당신의 무덤을 파놓을 거요."

우리 둘은 낑낑거리며 선장을 위층으로 데려가 겨우 침대에 눕혔다.

의사 선생님은 나를 아버지 방으로 데려가서 문을 닫으며 내게 말했다.

"별일 아니란다. 한동안 꼼짝도 못 할 정도로 피를 뽑았다. 일주일 정도는 꼼짝 못 하고 누워 있어야 할 거야. 이 집 식구들이나 저자에게나 좋은 일이지. 한 번 더 발작이 일어나면 그때는 끝장이야."

제3장 검은 딱지

정오 무렵, 나는 차가운 음료와 약을 가지고 선장의 방으로 갔다. 선장은 좀 나아진 듯했지만 여전히 기운이 없었고 흥분해 있었다.

나를 보자 그가 말했다.

"짐, 여기서 쓸 만한 친구는 너뿐이다. 너도 알다시피 나는 네게 늘 잘해줬지. 나를 도와줄 사람은 너밖에 없어. 그러니 럼주 딱 한 잔만 갖다주지 않겠니? 응?"

내가 우물쭈물 입을 열었다.

"하지만 의사 선생님께서……."

"의사란 놈들은 전부 얼간이야! 게다가 의사란 놈들이 뱃사람에 대해 뭘 안다고! 나는 불길처럼 뜨거운 곳에서도 지냈고,

동료들이 황열병으로 픽픽 쓰러지는 곳에도 가봤어. 지진으로 땅이 바다처럼 출렁이는 곳에도 가봤다고. 그런 걸 그따위 의사가 어떻게 알겠어? 나는 럼만 마시고 살아온 사람이야. 짐, 나는 럼을 안 마시면 헛것이 보여. 벌써 보이기 시작했어. 네 뒤에 벌써 늙은 플린트 선장의 모습이 보인단 말이야. 짐, 제발 럼주 한 잔만 갖다줘. 그러면 금화 1기니를 줄게.”

그가 점점 더 흥분하자 앓아 누워계신 아버지가 걱정이 되기 시작했다. 그때 아버지의 상태가 너무 안 좋아 안정이 필요했던 것이다.

나는 그에게 말했다.

“돈은 필요 없어요. 아버지께 진 빚이나 갚아요. 딱 한 잔 갖다 드릴게요. 더 이상은 안 돼요.”

내가 술을 갖다주자 그는 단숨에 비우더니 말했다.

“아, 이제야 살 것 같군. 얘야, 의사가 내게 얼마나 더 누워 있어야 한다고 했니?”

“최소한 일주일이요.”

“뭐야! 일주일씩이나! 말도 안 돼! 놈들이 검은 딱지를 가져올 텐데…….”

그 말과 함께 그는 힘겹게 침대에서 일어나더니 내 어깨를 움켜쥐었다. 어찌나 억세게 쥐었는지 비명이 나올 정도였다. 하지만 그는 기운이 없어서 곧바로 다시 누워버렸다.

"이게 다 그 의사 놈 짓이야. 귀가 윙윙거려."

그러더니 그가 내게 말했다.

"짐, 너 그 뱃놈 또 봤니?"

"검은 개요?"

"그래, 검은 개. 나쁜 놈이야. 하지만 그놈을 보낸 자들은 더한 놈들이지. 만약 내가 도망치지 못하고 놈들이 내게 검은 딱지를 주거든, 잘 명심해 둬라. 놈들이 노리는 건, 내 낡은 궤짝이라는 걸. 넌 얼른 말을 타고 그 망할 의사에게 가야 한다. 그 멍청이 의사에게 가서 사람들을 다 긁어모으라고 해. 그가 이곳 벤보우 제독 여관에서 놈들을 다 잡을 수 있을 거다. 살아남은 플린트 선장 패거리들 말이다. 나는 그 플린트 영감의 일등 항해사였지. 장소를 아는 사람은 나밖에 없어. 선장은 사바나에서 지금 나처럼 죽어가면서 그 비밀을 내게 알려줬어. 하지만 놈들이 내게 검은 딱지를 보여줄 때까지, 혹은 검은 개나 외다리 선장을 보기 전까지는 아무에게도 말하면 안 된다. 특히 그 외다리 선장을 조심하고……."

"그런데 검은 딱지가 뭐예요?"

"경고장이지. 놈들이 그걸 보내오면 자세히 알려줄게."

그의 목소리에서 점점 기운이 빠져갔다. 나는 그에게 약을 주었고, 그는 '세상에 내가 이런 걸 먹다니!'라고 툴툴거리며 받아먹었다. 약을 먹자 그는 마치 기절이라도 한 듯 잠에 빠져들었고 나는 그의 방을 나왔다.

만일 아무 일도 없었다면 내가 어떻게 했을까? 아마 의사 선생님에게 모든 걸 다 말했으리라. 그런데 공교롭게도 바로 그날 밤 아버지가 세상을 떠나셨다. 나는 슬픔에 젖어 조문객을 맞이하고 장례식을 준비하고, 그 사이사이 여관 일을 보느라 바빠서 선장이 해준 말은 까맣게 잊고 있었다.

다음 날 아침이 되자 선장은 기력을 회복했는지 아래층으로 내려왔다. 하지만 음식은 거의 입에 대지도 않고 바에서 술병을 꺼내 럼주만 마셨다. 그 누구도 감히 선장을 말릴 생각을 못했다. 의사 선생님은 좀 먼 곳으로 왕진을 떠나 있었고, 그렇지 않더라도 아버지가 돌아가셨으니 딱히 우리 집에 오실 일이 없었다.

장례식을 치른 다음 날 오후 3시 무렵, 나는 슬픔에 잠겨 문간에 서 있었다. 살을 에듯 추운 날씨였고 안개가 짙게 깔려 있었다. 그때 누군가가 우리 여관을 향해 아주 천천히 걸어오는 모습이 보였다. 지팡이를 들고 앞을 더듬고 있는 데다, 코까지 가리고 있는 초록색 눈가리개로 보아 장님임에 틀림없었다. 그는 낡아빠진 선원용 외투를 걸치고 있었다. 내 평생 그렇게 추한 몰골은 처음이었다.

사내는 여관에서 조금 떨어진 곳에 멈춰 서더니, 허공에 대고 이상한 노래를 읊조리듯 말했다.

"이 불쌍한 장님인 제가 지금 어디에 있는지 가르쳐주시지 않으시겠습니까?"

"여기는 블랙 힐 포구에 있는 벤보우 제독 여관입니다." 내가 대답했다.

그러자 그가 다시 말했다.

"목소리를 들으니 아주 젊은 목소리로군. 젊은 친구 내게 손을 좀 줄 수 없겠나? 나를 안으로 좀 안내해주게."

나는 그에게 손을 내밀었다. 그러자 말투가 사근사근하던 그 장님이 당장에 내 손을 마치 집게처럼 꽉 움켜쥐었다. 나는 겁이 나서 손을 잡아 빼려 했지만 그는 별로 힘을 들이지도 않고 나를 그의 곁으로 바싹 끌어당겼다.

"자, 꼬마야. 나를 당장 선장에게 데려가. 안 그러면 팔을 으스러뜨려 버릴 거다."

그 목소리만큼 잔인하고 흉측한 목소리는 들어본 적이 없었다. 팔이 아픈 것보다 그 목소리가 무서워서 나는 선장이 술에 취해 앉아 있는 홀로 향했다.

나를 보자 선장이 눈을 치켜떴다. 순간 그의 얼굴에서 술기운이 사라진 것 같았다. 하지만 선장의 얼굴에는 공포보다는 죽음의 기색이 역력했다. 그는 일어나려 했지만 일어날 기력조차 없는 것 같았다.

거지가 그에게 말했다.

"빌, 그대로 앉아 있어. 내 비록 보이지는 않지만 손가락 까딱하는 소리도 들을 수 있어. 자, 이제 할 일을 해야지. 자, 왼손을 내미시지."

그러더니 그가 내게 말했다.

"꼬마야, 저 친구 왼팔을 잡아서 내 오른손 쪽으로 끌어당겨."

선장과 나는 시키는 대로 했다. 장님이 지팡이를 잡았던 손에서 뭔가 꺼내 선장의 손가락 사이에 끼워주는 것이 보였다. 선장은 재빨리 손을 오므렸다.

"자, 이제 일이 끝났군."

그 말과 함께 거지는 갑자기 나를 놓아주더니 믿을 수 없을 만큼 재빠르게 홀에서 나와 거리로 뛰어갔다. 나는 여전히 꼼짝 않고 홀에 서 있었다.

나와 선장은 시간이 얼마 흐른 뒤에야 겨우 정신을 차렸다. 선장이 주먹을 펼치더니 손바닥을 뚫어져라 바라보았다.

"10시! 아직 여섯 시간이 남아 있어. 그 정도면 놈들과 맞설 수 있어!"

그가 벌떡 일어나며 외쳤다. 하지만 그는 곧 비틀거리더니 신음 소리를 내며 그 자리에 쓰러졌다.

나는 어머니를 부르며 그의 곁으로 달려갔다. 하지만 이미 선장은 갑자기 찾아온 뇌일혈로 숨을 거둔 뒤였다. 그를 불쌍하다고는 생각했지만 좋아해본 적은 없었는데 이상하게도 눈물이 쏟아졌다. 그것은 내가 겪은 두 번째 죽음이었으며, 첫 번째 죽음이 가져다준 슬픔이 채 가시기도 전에 찾아온 죽음이었다.

제4장 선원용 궤짝

나는 지체 없이 내가 알고 있던 모든 사실을 어머니께 말씀드렸다. 우리는 우리가 얼마나 위험한 상황에 처해 있는지를 금세 알아차렸다. 만일 선장의 수중에 돈이 있다면 그 일부는 분명 우리 것이었다. 하지만 검은 개나 맹인 거지가 고인이 우리에게 남긴 빚을 인정할 것인가? 그들은 고인의 유품을 모두 가지려들 것이 뻔했다.

죽은 선장의 말대로 어머니를 혼자 놔둔 채 리브지 선생님을 찾아가는 것도 생각할 수 없는 일이었다. 어찌 어머니를 홀로 무방비 상태에 놓아둘 수 있단 말인가?

결국 어머니와 나는 이웃 마을로 가서 도움을 청하기로 결정했다. 결정이 되자 우리는 바로 움직였다. 우리는 모자도 쓰지 않은 채 저물어가는 저녁, 싸늘한 안개 속을 뛰어갔다.

이웃 마을은 포구 반대편 약 2킬로미터밖에 떨어져 있지 않은 곳에 있었다. 마을에 도착해보니 이미 촛불들이 밝혀져 있었다. 집들 문과 창문에서 흘러나오는 그 촛불의 불빛을 보고 어머니와 내가 얼마나 기뻤는지 모른다. 하지만 안타깝게도 그곳에 가서 우리가 받은 도움은 그것이 전부였다. 그 누구 한 명도 우리와 함께 벤보우 제독 여관으로 가겠다고 나서지 않았던 것이다. 그들은 이미 소문을 듣고 겁에 질려 있었다. 그래도 젊은이 한 명이 말을 타고 리브지 선생님에게 찾아가 지원을 요청하겠다고 나선 것이 불행 중 다행이었다.

우리는 서둘러 다시 집으로 돌아왔다. 나는 빗장을 걸었고, 우리는 선장의 시체가 있는 어두운 집 안에서 잠시 숨을 골랐다. 우리는 촛불을 밝혔다. 선장이 우리가 떠났을 때 모습 그대로 홀에 누워 있었다.

나는 선장의 주머니를 뒤지기 시작했다. 어쨌든 선장이 가져온 궤짝에서 숙박료를 찾아내야만 했다. 온갖 잡동사니들이 다 나왔지만 열쇠는 보이지 않았다. 포기하려는 순간 그의 목에 걸려 있는 끈이 눈에 띄었다. 그 끈에는 열쇠가 매달려 있었다.

열쇠를 손에 쥔 우리는 재빨리 선장이 묵었던 2층 방으로 올라갔다. 어머니는 내게서 열쇠를 받아 쥐더니 궤짝을 열었다. 궤짝 위에 놓여 있던 옷을 헤치니, 주석 깡통, 담배, 권총 두 자루, 은괴 하나, 낡은 시계 하나, 외국산 장신구 몇 개, 나침반 한 쌍 등 온갖 잡동사니들이 나왔다.

그 잡동사니들 아래를 보니 허옇게 바랜 낡은 망토가 있었다. 어머니는 그 망토를 들췄다. 그러자 밀랍을 입힌 천으로 싸놓은 서류 꾸러미 비슷한 것이 그 안에 있었고, 헝겊으로 된 자루가 있었다. 자루를 흔들어보니 쩔렁쩔렁하는 금화 소리가 들렸다.

어머니가 말했다.

"이 악당들에게 내가 얼마나 정직한 사람인지 보여줘야지. 우리가 받을 것만 챙기고 남는 건 손도 안 댈 거야."

하지만 돈을 챙기는 일은 너무 힘들었다. 어머니가 생전 처음 보는 낯선 금화들로 채워져 있었기 때문이었다. 어머니가 쉽게 셈할 수 있는 영국 돈은 몇 개 되지 않았다.

어머니가 열심히 돈을 계산하며 자루에 넣고 있는 도중 나는 깜짝 놀랐다. 고요한 가운데 가슴 철렁하는 소리를 들었던 것이다. 분명 장님이 얼어붙은 길을 지팡이로 치는 소리였다. 나는 어머니의 팔을 꽉 잡았다.

잠시 후 현관문을 두드리는 소리가 들리더니 이어서 빗장이 덜커덩거리는 소리가 들렸다. 그 인간이 안으로 들어오려고 애쓰는 것이 분명했다. 그런데 이렇게 기쁠 수가! 잠시 후 다시 지팡이로 길을 톡톡 치는 소리가 들리더니 그 소리가 조금씩 멀어지는 것이 아닌가!

나는 어머니에게 이렇게 꾸물거릴 것이 아니라 돈을 몽땅 가져가자고 말했다. 하지만 어머니는 절대로 받을 돈보다 더 가져가기도 싫고 덜 가져가기도 싫다고 고집을 부렸다. 어머니는 그들이 10시에 온다고 했으니 아직 세 시간이나 남아 있다며, 시간은 충분하다고 말했다. 어머니와 내가 입씨름을 하고 있을 때, 꽤 멀리 떨어진 언덕에서 호각 소리가 희미하게 들렸다. 그것으로 충분했다. 더 이상 아무 말도 필요 없었다.

"지금까지 챙긴 거나 가져가야겠다." 어머니가 몸을 일으키며 말했다.

"나는 이 천으로 싸 놓은 것을 가져갈게요. 계산은 맞춰야 되잖아요." 나는 밀랍을 입힌 천으로 둘둘 말린 서류를 집으며 어머니께 말했다.

우리는 촛불을 궤짝 옆에 둔 채 더듬거리며 계단을 내려왔다. 그리고 문을 연 후 걸음아 날 살려라, 도망쳤다.

하마터면 늦을 뻔했다. 안개가 걷히고 있었던 것이다. 달빛이 언덕을 환하게 밝히고 있었다. 다행히 골짜기 아래와 여관 문 근처에는 아직 안개가 남아 있어서 도망치는 우리들 모습을 감출 수 있었다.

이미 여러 명이 이쪽으로 다가오는 소리가 우리들 귀에 들리기 시작했다. 나는 포기하려는 어머니를 부축해서 겨우 작은 다리 아래로 몸을 숨길 수 있었다. 하지만 우리들 가슴은 두근거릴 수밖에 없었다. 다리가 작아 어머니의 몸이 거의 드러나 있던 데다, 우리가 무슨 소리라도 내면 곧 들킬 만큼 여관과 가까웠기 때문이었다.

하지만 내 호기심이 무서움보다 강했다. 나는 좀이 쑤셔서 그 자리에 가만히 머물러 있을 수 없었다. 나는 살살 기어서 다리 위 둑으로 올라갔다. 나는 그곳 금작화 덤불에 몸을 숨기고 우리 집까지 이어지는 길을 살펴보았다.

얼마 지나지 않아 그들이 도착했다. 일고여덟 명 정도가 앞뒤 없이 뛰어 오고 있었고, 그들 맨 앞에 한 사내가 등불을 들고 달려가고 있었다.

"들어가! 어서 들어가라고!"

바로 장님 거지의 목소리였다. 네댓 명이 그의 명령대로 안으로 들어갔고 두 명이 그 무시무시한 거지 옆에 함께 서 있었다. 잠시 정적이 흐르는 것 같더니 안에서 고함 소리가 들렸다.

"빌이 죽었다!"

그러자 장님이 발을 구르며 소리쳤다.

"야, 이 멍청한 놈들아! 빨리 놈의 몸을 뒤져봐! 다른 놈들은 빨리 위로 올라가서 궤짝을 찾아보라고!"

곧이어 놈들이 온 집 안을 뒤흔들 만큼 난폭하게 계단을 뛰어 오르는 소리가 들렸다. 이어서 또다시 놀라는 소리가 들리더니 선장 방의 창문이 거칠게 열리며 유리창이 깨지는 소리가 들렸다. 그리고 사내 하나가 창밖으로 고개를 내밀며 장님에게 소리쳤다.

"퓨! 우리가 한발 늦었습니다. 누군가 이미 궤짝을 샅샅이 훑었습니다."

"그건 있어?" 퓨가 으르렁거렸다.

"돈은 있습니다."

"이 천하에 멍청이 같은 놈! 플린트의 꾸러미 말이다!"

"어디에도 없는데요."

"야, 거기 아래 있는 놈들! 빌에게도 없어?"

그러자 선장의 몸을 뒤진 자가 문턱에 나타나 말했다.

"그것도 누가 이미 뒤졌습니다. 텅텅 비어 있습니다."

그러자 장님 퓨가 외쳤다.

"그놈 짓이야! 그 여관 꼬맹이! 눈알을 뽑아버렸어야 하는 건데! 하지만 이 근처에 있는 게 분명해! 아까 빗장이 걸려 있었거든. 자, 어서 흩어져서 샅샅이 찾아봐!"

이어서 우리 낡은 여관에는 대소동이 벌어졌다. 그들은 온 집 안을 돌아다니며 가구란 가구는 모두 내던져 박살냈고 문이란 문은 모두 발로 차서 망가뜨렸다.

그때였다. 아까 어머니와 나를 혼비백산하게 만들었던 호각 소리가 다시 들렸다. 이번에는 연달아 두 번이었다. 그러자 해적들 중의 한 명이 외쳤다.

"더크의 신호야! 두 번 울렸잖아. 위험 신호야. 어서 도망쳐야 해!"

그러자 장님 퓨가 발을 굴렀다.

"도망간다고? 더크 그놈이 겁쟁이라서 그러는 거라고! 그놈은 상관할 것도 없다니까! 그 꼬마 놈은 이 근처에 있어! 놈을 찾으라고! 아, 내가 눈만 보였어도!"

하지만 그들이 우물쭈물하고 있자 퓨가 다시 외쳤다.

"이 바보들아! 코앞에 억만금이 있는데 우물쭈물하고 있는 거냐! 그걸 찾기만 하면 왕이 부럽지 않을 정도로 살 수 있는데!"

그러면서 그는 지팡이를 사정없이 휘둘렀다. 그러자 이번에는 해적들이 그 눈 먼 악당에게 욕을 퍼부으며 대들었다. 그들이 그렇게 싸움을 벌이고 있을 때 마을 쪽 언덕 꼭대기에서 또 다른 소리가 들려왔다. 질주하는 말발굽 소리였다. 그와 동시에 울타리 쪽에서 번쩍하는 불빛과 함께 총소리가 울렸다. 위험을 알리는 마지막 신호임에 틀림없었다. 총소리가 들리자 해적들이 사방으로 뿔뿔이 흩어져 도망을 쳤던 것이다. 그들은 겁을 먹었던지, 아니면 퓨가 지팡이를 흔들며 때린 때문인지 퓨를 그대로 놔둔 채 도망가버렸다.

퓨는 지팡이를 흔들고 손을 더듬거리며 동료들의 이름을 외쳤다.

"조니, 검은 개, 더크!"

하지만 그는 허둥대다 방향을 잘못 잡았다. 마을 방향으로 걸음을 옮긴 것이다. 그때 언덕 위에서 말발굽 소리가 나더니 네댓 명이 말을 타고 오는 모습이 보였다. 그 소리를 들은 퓨가 잘못을 깨닫고 반대 방향으로 뛰어가다가 그만 개천에 나뒹굴었다. 그는 다시 벌떡 일어나 달리기 시작했지만 방향 감각을 상실하고 그만 달려오는 말발굽 아래로 돌진해버렸다.

말을 몰던 기수는 그를 피하려 했지만 소용없었다. 날카로운 비명 소리와 함께 퓨가 쓰러졌고 말발굽 네 개가 그를 짓밟고 지나가버렸다. 그 자리에 엎어진 퓨는 더 이상 몸을 움직이지 않았다.

나는 말에 탄 사람들을 곧 알아볼 수 있었다. 맨 뒤에 오고 있는 사람은 리브지 선생님께 알리러 간다고 떠났던 마을 청년이었다. 그리고 그가 데려온 사람들은 가는 도중에 만난 세무서 관리들이었다. 그는 사정을 말하고 그들을 이곳으로 데려온 것이었다.

퓨는 죽었다. 그리고 정신을 차린 어머니는 공포에 대한 후유증은 전혀 없이 다만 돈을 제대로 챙기지 못한 것만 아쉬워했다. 세무서 감독관인 댄스 씨는 일행을 이끌고 포구까지 해적들을 추적했지만 놈들은 이미 떠난 뒤였다. 그는 내게서 자초지종 이야기를 듣고 그들의 우두머리격인 퓨의 머리를 밟아 준 것으로 만족해했다.

나는 댄스 씨와 함께 벤보우 제독 여관으로 들어갔다. 집은 엉망이었다. 없어진 건 선장의 돈 자루와 은화뿐이었지만 집은 완전히 망가져 더 이상 쓸 수 없는 지경이 되어버렸다.

자초지종을 알게 된 댄스 씨가 내게 말했다.

"놈들이 돈을 가져갔다고? 그렇다면 어디 다른 곳에 돈이 더 있었나보지? 그렇게 열심히 이곳을 뒤졌으니……."

"아녜요, 감독관님. 돈을 찾은 게 아닌 것 같아요. 사실은요, 그들이 찾는 걸 제가 갖고 있는 것 같아요. 그걸 어디 안전한 곳에 두어야 할 것 같아요. 제 생각으로는 리브지 선생님이……."

"그래, 맞는 말이다. 그분은 치안판사이시기도 하니까. 나도 거기로 가서 리브지 선생님이나 대지주 양반께 보고를 드리는 게 좋겠다. 어떠냐, 호킨스. 내가 데려다주랴?"

나는 어머니께 말씀드리고 일행 중 한 명의 말 등에 올라탔다.

제5장 선장의 지도

우리가 열심히 말을 몰아 리브지 선생님 집 앞에 도착했을 때 집은 어둠에 잠겨 있었다. 댄스 씨의 명령으로 나는 말에서 내려 문을 두드렸다. 그러자 하녀가 나타나더니 선생님은 트렐로니 씨의 저택에 초대를 받아 갔으며, 거기서 저녁 시간을 보낼 것이라고 말했다.

우리는 모두 그곳으로 갔다. 가까운 거리였다. 트렐로니 씨의 저택에 도착하자 댄스 씨와 나는 곧 안으로 안내되었다. 트렐로니 씨와 리브지 선생님은 서재 안, 이글거리는 벽난로 옆에 마주 보고 앉아 파이프를 피우고 있었다. 트렐로니 씨를 그렇게 가까이서 본 것은 처음이었다. 그는 키가 후리후리했고, 그에 걸맞게 어깨도 넓었다. 좀 거만해 보이는 거친 얼굴이었으며 여행을 오래 해서인지 그을린 얼굴에 주름도 많았다. 검은 눈썹을 자주 움찔거리는 것이 성격이 급해 보였다.

그가 친근하지만 위엄 있는 목소리로 말했다.

"어서 오시오, 댄스 씨."

앞에 앉아 있던 리브지 선생님이 그 말을 받았다.

"잘 있었나, 댄스? 짐도 잘 지냈고? 그런데 무슨 바람이 불어서 오신 건가?"

감독관은 마치 군인 같은 태도로 상황을 설명했다. 그들이 담배를 입에 무는 것도 잊을 정도로 놀라며 이야기에 푹 빠져 있는 모습은 혼자 보기 아까울 정도였다. 이야기가 끝나기도 전에 트렐로니 씨는 자리에서 일어나 방 안을 서성였다. 의사 선생님은 이야기를 더 잘 들으려는 듯 머리에 쓰고 있던 가발을 벗었다.

이야기가 끝나자 대지주가 말했다.

"댄스 씨, 그 악당 놈을 바퀴벌레처럼 말발굽으로 깔아뭉갠 건 정말 잘한 짓이오. 내가 보기엔 이 호킨스라는 소년도 아주 용감했고. 호킨스, 그 벨을 좀 울려주겠나? 댄스 씨에게 맥주 한 잔 대접해야겠어."

그러자 의사 선생님이 말했다.

"그래, 그들이 찾던 것을 네가 갖고 있단 말이지?"

"네, 선생님."

대답과 함께 나는 꾸러미를 내밀었다. 그는 꾸러미를 요모조모 살펴보았다. 당장에라도 열어보고 싶은 것이 분명했다. 하지만 그는 꾸러미를 그대로 주머니에 넣었다.

얼마 후 맥주를 마신 댄스 씨는 인사를 하고 물러갔다. 나는 그곳에 남아 트렐로니 씨가 가져오게 한 맛있는 파이를 게걸스럽게 먹었다. 그동안 너무 굶주렸기 때문이었다.

내가 맛있게 파이를 먹는 동안 의사 선생님이 트렐로니 씨에게 말했다.

"그 플린트라는 자 이야기를 들어본 적이 있는지요?"

"들어보다마다요! 세상에서 가장 잔인한 해적이었지요."

"그에게 돈이 많았다고 생각하시오?"

"돈이오! 그 악당이 돈이 아니면 도대체 뭘 찾아 그런 악당 짓을 했겠습니까?"

"곧 알게 되겠지요. 자, 내 주머니에 들어 있는 게 플린트가 자기 보물을 숨겨놓은 장소로 우리를 안내해 줄 수 있는 단서라고 칩시다. 당신 생각엔 그 보물이 상당한 가치가 있을 것 같습니까?"

"상당한 가치라니요! 만일 그런 게 우리 손에 있다면 나는 당장 브리스톨 항구에서 배를 한 척 구하겠소. 그리고 당신과 호킨스와 함께 1년이 걸리더라도 그 보물을 찾아 나서겠소."

"좋습니다. 자, 그러면 짐만 좋다면 우리 그 꾸러미를 열어보기로 합시다."

그 말과 함께 의사 선생님은 꾸러미를 탁자 위에 올려놓았다. 꿰매 놓은 꾸러미를 가위로 잘라서 열어보니 안에는 책 한 권과 봉인된 서류 한 장이 들어 있었다.

우선 책장을 넘겨보니 한쪽 끝에는 날짜가, 다른 쪽에는 돈의 액수가 적혀 있는 이상한 항목이 줄지어 있었다. 리브지 선생님이 이게 무슨 기록인가, 어리둥절해하자 대지주가 말했다.

"뻔하지 않습니까? 그놈 장부책입니다. 약탈한 배와 마을 항목이 적혀 있는 것이고, 그 날짜와 놈이 배당으로 받은 돈 액수가 적혀 있는 거지요. 보세요. 놈의 지위가 올라가니까 액수도 올라가잖아요."

책을 다 보고 나서 리브지 선생님은 조심스레 봉인된 서류를 뜯었다. 그러자 그 안에서 섬을 그린 지도 한 장이 툭하고 떨어졌다. 지도에는 그 섬의 위도와 경도, 수심, 만의 이름들 외에도, 해안에 배를 안전하게 대기 위해 필요한 세세한 내용들이 적혀 있었다. 그 섬은 길이가 15킬로미터, 폭이 10킬로미터였다. 생김새가 용이 서 있는 모양 비슷했으며 배를 대기 좋은 항구가 둘 있었다. 그리고 그 중심에는 '망원경'이라고 적힌 언덕이 있었다.

지도에는 나중 날짜로 추가된 내용이 있었는데, 특히 붉은 잉크로 쳐진 십자 표시 세 개가 눈에 띄었다. 그중 두 개는 섬의 북쪽에 있었고, 하나는 남서쪽이었다. 그리고 남서쪽 십자 표시 옆에는 선장의 비뚤비뚤한 글씨체와는 다른 작고 번듯한 글씨체로 이런 글이 적혀 있었다.

이곳에 많은 보물이 있다.

뒷면에는 같은 글씨체로 이런 보충 설명이 적혀 있었다.

키 큰 나무, 망원경의 부벽(扶壁), 북북동 방향, 북쪽으로 11.25도.
해골섬, 동남동 방향에서 약간 더 동쪽으로 10피트.
은괴는 북쪽 은닉 장소에 있다. 동쪽 작은 언덕 비탈 방향, 그곳에서 마주치는 검은 바위 남쪽으로 약 3미터 떨어진 곳.

무기는 북쪽 만의 갑(岬)으로부터 동쪽 방향으로 3도 북
쪽 끝에 있는 모래 언덕에서 쉽게 찾을 수 있음.

그것이 전부였다. 나는 도무지 한 마디도 이해할 수 없었지
만 두 사람은 뛸 듯이 기뻐했다.

트렐로니 씨가 말했다.

"리브지 선생, 골치 아픈 환자들은 당장 때려치우시오. 나는
내일 브리스톨로 갈 겁니다. 3주 후면……. 가만, 내가 무슨 말
을 하는 거야! 3주 후가 아니라, 보름 후면……. 아니야! 1주일
후면 영국에서 제일 좋은 배를 구할 수 있을 겁니다. 최고 승무
원들도 구할 수 있을 것이고……. 호킨스, 너는 선실 사환으로
함께 갈 거다. 리브지 선생, 당신이 선상 의사가 되는 거고, 내
가 탐험대 대장이 되는 겁니다. 레드루스, 조이스, 헌터도 함께
데리고 갈 겁니다."

"트렐로니 씨, 기꺼이 당신과 함께 갈 겁니다. 짐도 한몫 단
단히 할 겁니다. 하지만 딱 걱정되는 사람이 하나 있군요."

"그래요? 그놈 이름을 말해보시오, 선생."

"바로 당신입니다. 당신의 입이 너무 가볍기 때문이지요. 이

지도에 대해 우리만 알고 있는 게 아닙니다. 오늘 여관을 습격한 놈들만 해도, 이 보물을 손안에 넣기 위해서는 무슨 짓이든 할 놈들입니다. 우리는 출항할 때까지 그 누구도 혼자 다녀서는 안 됩니다. 나는 여기서 짐과 함께 있을 테니 당신은 조이스와 헌터를 브리스톨까지 데리고 가도록 해요. 하지만 오늘 우리가 알아낸 사실에 대해 입도 뻥끗하면 안 됩니다."

"리브지, 당신 말이 구구절절 옳소. 내, 죽은 것처럼 입을 다물고 있으리다."

제
2
부

바다의 요리사

제1장 브리스톨로 가다

우리의 출항 준비는 트렐로니 씨가 예상한 것보다 훨씬 오래 걸렸다. 의사 선생님은 환자를 대신 맡아줄 의사를 구하러 런던으로 가야 했기에 내 곁을 떠났고, 대지주는 브리스톨에서 일을 처리하느라 너무 바빴다.

나는 사냥터지기인 레드루스 노인의 보호하에 대지주의 성채에 남아 있었다. 나는 거의 죄수와 다름없이 갇힌 몸이었지만 항해에 대한 환상, 낯선 섬에서의 모험에 대한 기대감에 젖어 가슴이 한껏 부풀어 있었다. 나는 틈만 나면 몇 시간씩 지도를 보며 상상의 나래를 펼쳤고 덕분에 지도의 내용을 세세한 부분까지 거의 다 꿰차게 되었다. 나는 방구석에 앉아 상상 속에서 그 섬을 향해 나아갔으며, 섬을 샅샅이 탐험하고 '망원경'

이라는 높은 산을 수도 없이 오르내렸다.

그렇게 몇 주일이 지났을 때였다. 브리스톨에서 리브지 선생님 앞으로 편지가 한 통 날아들었다. 만일 리브지 선생이 없을 때면 나나 레드루스가 열어보아도 좋다고 적혀 있었다. 레드루스 영감은 글을 잘 읽을 줄 몰랐기에 내가 그 편지를 읽었다. 트렐로니 씨가 보낸 편지였다.

17**년 3월 1일, 브리스톨의 '낡은 닻 여관'에서

친애하는 리브지 선생에게,

배를 사서 장비를 갖추어놓았소. 이제 닻을 내리고 출항을 기다리고 있소. 이보다 더 성능이 뛰어난 배는 구경하기 힘들 것이오. 어린아이라도 조종할 수 있을 정도요. 200톤급에 이름은 히스파니올라호요.

나는 이 배를 내 오랜 친구인 브랜들리를 통해서 구했소. 그는 내 이야기를 듣더니 정말 헌신적으로 나를 도와주었소. 그 친구뿐 아니라 브리스톨에 있는 모든 사람들이 우리가 가려는 항구 이야기를 듣더니 하나같이 자기 일처럼 도와주었소. 항구란 물론 보물을 말하는 거요.

여기까지 읽고 나서 나는 레드루스에게 한마디 하지 않을 수
없었다.

"레드루스, 리브지 선생님이 눈살을 찌푸리시겠네요. 대지주
나리가 결국 다 떠벌리고 다녔잖아요."

"그게 뭐 어때서? 그분 권리 아냐? 리브지 선생 때문에 말을
못 하는 게 더 이상하지."

그 말에 대꾸할 기분이 나지 않아 나는 계속 편지를 읽어 내
려갔다.

나는 원주민, 해적, 그리고 꼴도 보기 싫은 프랑스 놈들에
대비해 스무 명 정도의 승무원을 모집할 작정이었소. 하
지만 겨우 반 다스 정도의 사람을 모으는 것도 정말 힘이
들었소. 그런데 정말로 운 좋게 딱 내가 필요로 하는 사
람을 만나게 되었다오.

내가 부두에 서 있을 때 우연히 그 사람과 이야기를 나
누게 되었소. 그는 뱃일로 잔뼈가 굵은 50세 정도 된 사
람으로서 주막을 운영하고 있었소. 브리스톨의 뱃사람을
전부 다 알고 있는 사람이오. 배를 타던 사람이 뭍에서
생활하니 건강이 나빠졌다며 배를 타고 요리사 노릇을

하고 싶다고 했소.

나는 감동을 받아 그 사람을 당장 우리 배의 요리사로 고용했소. 아마 당신이라도 그랬을 거요. 그의 이름은 롱 존 실버인데, 다리가 하나 없소. 하지만 나는 그것을 오히려 그 사람의 장점이라고 받아들였소. 그는 조국을 위해 싸우다 다리를 잃은 거요. 그런데 연금도 못 받다니! 우리는 얼마나 고약한 시대에 살고 있는 것인지!

실버 그 사람 덕분에 불과 며칠 사이에 아주 강인하고 노련한 뱃사람들을 여럿 끌어모을 수 있었소.

리브지 선생, 이제 서두르시오. 한시도 지체할 수 없소. 호킨스는 빨리 레드루스와 함께 어머니를 만나고 오게 해주시오. 그리고 둘 다 서둘러 브리스톨로 보내주시오.

존 트렐로니 씀

추신 : 참 잊은 게 있소. 우리가 8월 말까지 돌아오지 않으면 브랜들리가 수색선을 보내기로 했소. 롱 존 실버는 일등 항해사로 애로우라는 이름의 유능한 친구를 추천했소. 한 가지만 더 이야기하겠소. 실버는 재산가요. 은행 구좌

도 튼실하고 부도를 내본 적이 없소. 그는 주막을 아내에게 맡겼는데, 그녀는 흑인 여자요. 그가 바다로 나가려는 건 건강 때문이 아니라 부인 때문이 아닌가 싶기도 하오.

J.T

이튿날 아침 나는 레드루스와 함께 걸어서 벤보우 제독 여관으로 갔다. 오랜만에 어머니를 보니, 모험에 들떠서 어머니를 까맣게 잊고 있던 것이 너무 죄송스러웠다. 다행히 어머니는 몸도 건강했으며 명랑함을 되찾은 것 같았다. 그동안 트렐로니 씨가 여관을 새롭게 단장해주었고, 내가 없는 동안 어머니 일손을 도울 사내아이도 한 명 구해주었다.

집에서 하룻밤을 지낸 다음 날 저녁 식사를 마친 후 나는 어머니에게 작별 인사를 하고 레드루스와 함께 다시 길을 떠났다. 그리고 어둑어둑해질 무렵, 황야에 세워져 있는 어느 여관에서 역마차를 잡아탔다.

날이 제법 쌀쌀했지만 나는 역마차가 빠르게 달려가는 동안 내내 잠에 빠져 있었다. 누가 옆구리를 치는 바람에 잠에서 깨어보니, 역마차는 대로상의 어느 건물 앞에 서 있었고 벌써 날이 훤히 밝아 있었다.

"여기가 어디지요?" 내가 물었다.

"브리스톨이야. 자, 내리자." 레드루스의 말이었다.

트렐로니 씨는 범선 일을 보다 잘 감독하기 위해 부두 근처 여관에 묵고 있었다. 우리는 그곳까지 걸어서 갔다. 가는 길을 따라 죽 늘어선 온갖 크기, 온갖 모양의 배를 구경하자니 나는 너무 즐거웠다.

나도 이제 항해를 한다! 범선을 타고 휘파람을 불어젖히는 갑판장과 함께! 노래를 흥얼거리는 뱃사람들과 함께 바다로 간다! 이름 모를 섬을 향하여, 그곳에 묻혀 있는 보물을 찾으러!

이렇게 즐거운 상상에 빠져 있는 사이, 어느덧 우리는 큰 여관 앞에 도착했다. 트렐로니 씨는 푸른색 천으로 만든 옷을 마치 해군 장교처럼 차려 입고 문에서 나오고 있었다. 그는 뱃사람의 걸음걸이를 흉내 내고 있었는데, 제법 그럴듯했다.

우리를 보자 그가 외쳤다.

"왔구나! 의사 선생도 어젯밤 런던에서 왔다. 브라보! 이제 다 모인 셈이다!"

"나리, 우리 언제 출발하나요?" 내가 큰 소리로 물었다.

"언제? 바로 내일!"

다음 날 아침 식사를 마치자 트렐로니 씨는 존 실버에게 전하라며 내게 쪽지를 하나 건네주었다. 그는 내게, 존 실버의 주막에는 '망원경'이라는 간판이 붙어 있다고 알려주었다.

나는 그 집을 쉽게 찾았다. 술집 안은 담배 연기로 자욱했다. 뱃사람들이 대부분인 손님들이 하도 큰 소리로 떠들고 있어서 나는 들어갈 엄두를 못 내고 문 앞에서 머뭇거렸다.

우물쭈물 망설이고 있는데, 안쪽 방에 한 사내의 모습이 보였다. 나는 단번에 그가 바로 롱 존임을 알아볼 수 있었다. 사내의 왼쪽 다리는 엉덩이 부분까지 잘려 있었고 왼쪽 겨드랑이에 목발을 끼고 있었다. 그는 목발을 어찌나 능숙하게 다루었는지, 목발을 집고 마치 새처럼 깡충깡충 뛰어다녔다. 그는 키가 아주 컸고, 건장했으며 얼굴은 마치 허벅지처럼 큼지막했다. 희멀겋고 못생겼지만 총기가 있어 보이는 얼굴에는 미소가 흐르고 있었다.

솔직히, 트렐로니 씨의 편지에서 롱 존에 대한 이야기가 나왔을 때, 나는 그가 바로 빌이 말했던 외다리 사내가 아닌가 걱정했었다. 하지만 그의 얼굴을 보는 순간, 그런 염려는 씻은 듯 사라져버렸다. 그는 선장이나 검은 개, 장님 퓨 같은 해적들과는 거리가 멀었다. 그는 그들에 비해 너무 깔끔하고 쾌활했다.

그의 얼굴을 보자 용기가 나서 나는 안으로 들어가 손님과 이야기를 나누고 있는 그에게 곧장 걸어갔다. 나는 그에게 쪽지를 내밀며 말했다.

"실버 씨이시죠?"

그가 말했다.

"맞아, 내가 바로 그 사람이지. 그런데 꼬마야, 너는 누구니?"

그는 쪽지를 보더니 내 대답을 듣지도 않고 큰 소리로 말했다.

"아하, 그렇구나. 네가 바로 그 선실 사환이로구나."

그는 커다란 손으로 내 손을 꽉 잡았다.

그때였다. 술집 손님들 중에서 누군가가 황급히 자리에서 일어나더니 밖으로 나가는 모습이 보였다. 나는 그를 단번에 알아보았다. 나는 실버에게 소리쳤다.

"저 사람 잡아요! 검은 개예요!"

그러자 실버가 말했다.

"그자가 흰 개건 검은 개건 내 알 바 아니지. 하지만 돈을 안 내고 가버렸군! 해리, 쫓아가서 잡아와!"

해리가 밖으로 뛰쳐나가자 실버가 내 손을 놓으며 말했다.

"그래, 저 자가 누구라고? 검은 뭐?"

"검은 개요. 트렐로니 씨가 해적들 이야기를 했을 텐데요. 그

자들 중 하나예요."

"해적? 아니, 그런 자들이 감히 내 집에! 벤, 가서 해리를 도와줘. 검은 개라고? 그자가 그 멍청한 놈들 일당이란 말이지? 처음 듣는 이름이야. 잠깐! 그래, 맞아. 그자가 장님 거지와 여기 온 걸 본 적이 있긴 해."

"맞아요. 저는 그 장님도 알아요. 이름이 퓨예요."

내 말에 실버는 매우 흥분한 듯 말했다.

"퓨! 그래, 맞아! 그 장님 거지 이름이 퓨였어. 검은 개를 잡아 오면 트렐로니 선주님께서 좋아하시겠군. 벤은 달리기를 잘하니 곧 잡아 올 수 있을 거야."

그러나 곧 돌아온 두 사람은 검은 개를 놓쳤다고 말했다. 그러자 실버가 그들에게 호통을 친 후 내게 말했다.

"이봐, 호킨스. 이 사실을 알면 선주님이 뭐라고 하시겠어? 그런 망할 놈들이 내 술집에 와서 럼주를 마시다니! 그런 놈을 코앞에서 놓치다니! 너는 똑똑하니까 네가 잘 말해줘. 아니야. 내가 직접 가서 여기서 벌어진 일을 보고해야겠다. 자, 함께 트렐로니 선주님께 가자."

우리는 함께 여관을 향해 걸었다. 걸어가는 동안 실버와 나는 다정한 친구가 되었다. 그는 지나는 길에 보이는 배들의 특

징, 장비, 톤수를 알려주었고, 사람들이 무슨 일을 하고 있는 것인지 설명해주었다. 그리고 그 사이사이 재미있는 뱃사람들의 일화도 들려주었으며 뱃사람들이 쓰는 용어들을 반복해서 가르쳐주었다. 나는 실버야말로 함께 배에 타기에 최고라고 확신했다.

여관에 도착하자 리브지 선생님과 트렐로니 씨는 토스트를 앞에 놓고 맥주를 마시고 있었다. 그들은 막 범선을 점검하러 나가려던 길이었다. 롱 존은 술집에서 벌어진 일에 대해 열변을 늘어놓기 시작했다. 그는 때때로 내게 자기 말이 틀림없느냐고 동의를 구했고 나는 그때마다 맞장구를 쳤다. 그가 너무나 솔직하게 모든 것을 이야기했기에 나는 그를 더욱 믿게 되었다. 롱 존은 두 명에게 칭찬을 들은 후 목발을 집고 그들에게서 물러났다. 여관을 나서는 그의 등 뒤에 대고 트렐로니 씨가 외쳤다.

"오늘 오후 4시까지는 모두 승선하도록!"

"잘 알아 모시겠습니다." 요리사가 큰 소리로 대답했다.

그가 나가자 의사 선생님이 트렐로니 씨에게 말했다.

"당신이 발탁한 사람들은 대체로 신뢰가 안 가지만, 저 존 실버만은 아주 마음에 드는군요."

제2장 화약과 무기

잠시 후 우리 셋은 히스파니올라호가 정박해 있는 곳으로 갔다. 배 위로 올라가니 일등 항해사인 애로우 씨가 우리를 맞아 주었다. 사팔눈의 그는 나이가 들었으며 귀걸이를 하고 있었다. 트렐로니 씨는 항해사와는 아주 친근한 듯했지만 선장과는 별로 사이가 좋아 보이지 않았다. 선장은 심각한 표정을 하고 있었으며 배 위에서 벌어진 모든 일에 화가 난 듯 보였다. 우리는 곧 그 이유를 알게 되었다.

우리가 선실로 들어가자 선장이 따라 들어왔고 그를 보자 트렐로니 씨가 말했다.

"그래, 별다른 일 없소? 다 잘 되어가고 있겠지요?"

그러자 선장이 말했다.

"선주님, 솔직히 말씀드리겠습니다. 제 말이 기분 나쁘게 들리시겠지만, 저는 이번 항해가 마음에 들지 않습니다. 선원들도 그렇고, 항해사도 마음에 들지 않습니다."

그러자 트렐로니 씨가 버럭 화를 내며 말했다.

"아마 배도 마음에 들지 않고 고용주도 마음에 들지 않겠군요."

분위기가 심상치 않자, 리브지 선생님이 나서서 우선 이야기를 들어보자고 말했다. 그러자 선장이 다시 입을 열었다.

"저는 선주님이 요구하는 곳까지 배를 운항하면 되지요. 그건 문제없습니다. 그런데 선원 모두 그곳에 대해 저보다 많이 알고 있습니다. 그건 좀 문제가 되지 않나요?"

그러자 리브지 선생님이 말했다.

"그건 맞는 말이군. 인정합니다."

"저는 우리 배가 보물을 찾으러 간다고 들었습니다. 그것도 제 부하들에게 들었습니다. 보물을 찾는 항해라……. 아주 까다로운 문제입니다. 솔직히 말씀드리지요. 저는 보물 찾기 항해가 마음에 들지 않습니다. 게다가 모두 쉬쉬하는 비밀이면서, 그놈의 비밀이 앵무새 귀에까지 들어갔으니 더욱더 그렇습니다. 두 분 다 지금부터 하시는 일이 어떤 일인지 모르시는 것 같아 말씀드립니다. 이건 생사가 달려 있는 위험한 일입니다."

그러자 리브지 선생님이 말했다.

"좋은 말씀입니다. 하지만 우리들은 선장이 생각하듯 아무것도 모르는 무지렁이는 아닙니다. 자, 선원들이 마음에 안 든다고 하셨지요? 그들이 무능한가요?"

"그런 게 아닙니다. 제가 선장인 이상 제 부하들은 제가 직접 뽑았어야 하는 것 아닌가요?"

"맞는 말입니다. 하지만 이제 와서 되돌릴 수도 없고……. 자, 스몰렛 선장, 어떻게 했으면 좋겠소? 선장이 원하는 게 뭡니까?" 리브지 선생님 말이었다.

"두 분이 정말로 이 항해를 하실 결심이라면 내 말을 좀 들어 주시길 바랍니다. 지금, 화약과 무기들을 앞쪽 선창에 놓았습니다. 하지만 선실 밑에 더 좋은 장소가 있는데 왜 거기 둔 거지요? 다음으로 선원들 중 네 명은 두 분이 직접 데려오신 사람들입니다. 그런데 그들 중 몇 명은 이물 쪽으로 잠자리를 정한 것으로 알고 있습니다. 왜 선실 옆으로 하지 않으신 겁니까?"

"그게 다요?" 트렐로니 씨가 퉁명스럽게 물었다.

"하나 더 있습니다. 이미 말이 너무 많이 새어 나갔습니다. 제가 직접 들은 이야기입니다. 여러분은 어떤 섬의 지도를 가지고 있으며, 그 지도에는 보물이 묻힌 곳을 알려주는 표시가 되어 있고, 그 섬의 위치는……."

선장은 그 섬의 위도와 경도를 정확히 말했다.

그러자 트렐로니 씨가 소리쳤다.

"나는 그런 말을 한 적이 없어! 그 누구에게도!"

"하지만 선주님, 선원들이 이미 다 알고 있습니다."

그러자 다시 의사 선생님이 말했다.

"잘 알겠소. 지금부터라도 입단속을 잘해달라 이런 말이군 요. 그리고 배 뒤쪽을 요새처럼 만들어서 그곳에 화약과 무기 를 두고, 내 친구의 직속 부하들이 그곳을 지키게 해달라는 말 이로군요."

"제가 항해사나 선원들을 의심해서 그러는 것은 아닙니다. 모두 정직한 사람들인지도 모르지요. 하지만 저는 선장으로서 이 배의 안전에 책임이 있습니다. 이 배에 탄 사람들의 생명에 도 책임이 있습니다. 그런데 뭔가 일이 제대로 돌아가지 않고 있습니다. 그러니 제가 말씀드린 예방 조치를 취해주시든지, 아 니면 저를 해고해주십시오."

그러자 이제까지 참고 있던 트렐로니 씨가 소리를 질렀다.

"정말, 듣자듣자 하니까! 리브지 선생이 없었다면 당장에 내 쫓았을 거요! 어쨌든 선장이 원하는 대로 해주겠소. 처음에 보았을 때보다 훨씬 더 당신이 마음에 안 드는군."

그러자 선장은 자신은 임무를 다할 뿐이라며 밖으로 나갔다. 그가 밖으로 나가자 의사 선생님이 말했다.

"트렐로니 씨, 내가 생각했던 것과는 달리 아주 훌륭하고 정직한 사람 두 명을 이 배에 태웠군요. 바로 선장과 요리사 말이오."

"실버라면 내가 인정하지요. 하지만 저 선장이라는 친구는 하는 짓이 영 사내답지도 않고 뱃사람답지도 않으며, 머리부터 발끝까지 전혀 영국인답지 않소."

우리가 갑판으로 올라오자 이미 선원들이 무기와 화약을 옮기고 있었다. 그리고 침대를 선장의 지시대로 옮기고 있었다. 나도 그들을 도왔다.

우리들이 모두 일을 열심히 하고 있을 때 롱 존 실버가 선원 두 명과 함께 마지막으로 배에 올랐다. 그는 날렵하게 배에 오르더니 일을 하고 있는 사람들에게 물었다.

"어이, 뭣들 하고 있는 건가?"

"화약과 무기들을 옮기고 있어." 뱃사람들 중 한 사람이 대답했다.

"아니, 이렇게 어물어물할 때가 아닌데……. 잘못하다가는 아침 물때를 놓친다고…….”

그러자 선장이 그에게 무뚝뚝하게 말했다.

“자네는 참견 말고 아래로 내려가. 명령이야! 선원들 저녁 식사 준비나 해!”

요리사는 시원하게 ‘알았습니다!’라고 대답한 후 취사장 쪽으로 사라졌다.

그때 나는 배 중앙에 설치된 대포를 살펴보고 있었다. 그런 나를 보고 스몰렛 선장이 버럭 고함을 질렀다.

“어이, 너 사환! 거기서 뭐 하는 거야! 당장 손 떼지 못해! 요리사에게 가서 뭐라도 거들어!”

순간 나는 선장에 대한 트렐로니 씨의 생각이 분명히 맞다고 생각했다. 그리고 선장을 마음속 깊이 미워했다.

제3장 항해 도중 벌어진 일

나는 밤새 항해 준비를 하느라 녹초가 되었다. 하지만 설사 그 두 배로 힘이 들었다 하더라도 나는 선실로 들어가 침대에 눕지 않았을 것이다. 모든 것이 너무 새롭고 흥미로운 데다, 이제 곧 항해를 시작한다는 사실에 흥분해 있었기 때문이었다.

드디어 히스파니올라호는 보물섬을 향한 항해 길에 올랐다. 나는 항해에 대한 이야기를 시시콜콜 늘어놓아 여러분을 지루하게 할 생각이 없다. 그만큼 항해는 순조로웠다. 배의 성능은 뛰어났고, 선원들도 모두 맡은 일에 능수능란했으며 선장은 빈틈이 없었다. 다만 보물섬에 도착하기 전에 일어났던 두세 가지 일에 대해서는 여러분도 알아두는 게 유익할 것이다.

우선 항해사 애로우 씨 이야기부터 해야겠다. 그는 선장이 걱정하던 것 이상으로 문제를 일으켰다. 바다에 나간 지 하루 이틀쯤 지나자 그는 술에 거나하게 취해 불그레한 얼굴로 갑판에 나타나곤 했다. 어떤 때는 너무 취해 넘어져 어딘가 상처를 입기도 했고, 또 어떤 날은 하루 종일 침상에 누워 있기도 했다. 그런데 그가 도무지 어디서 술을 구하는지 알 수 없었다. 항해 도중에는 금주였는데 그는 늘 술에 취해 있었으니 모두에게 수수께끼였다.

애로우 씨는 항해사로서 아무짝에도 쓸모가 없었으며 선원들에게도 나쁜 영향을 미쳤다. 그러던 그가 어느 어두운 밤 갑자기 사라져버렸다. 모두 그를 귀찮게 여겼기에 아무도 놀라거나 안타까워하지 않았다.

하지만 항해사 없이 배를 운항할 수는 없었다. 결국 갑판장인 조브 앤더슨이 승진을 해서 항해사 일을 맡게 되었다. 말이 나온 김에 이스라엘 핸즈 이야기도 잠깐 해야겠다. 키잡이인 이스라엘 핸즈는 신중하고 영리했으며, 경험도 많아 노련했다. 그는 무슨 일이든 척척 잘해냈다. 그는 롱 존 실버와 아주 친했다.

이제 우리 배의 요리사 롱 존 실버 이야기도 잠깐 하기로 하자. 선원들은 그를 '바비큐'라고 불렀다. 배 위에서 그는 두 팔을 자유롭게 쓰기 위해 목발을 목 주변에 묶어놓은 끈에 매달고 다녔다. 그가 목발의 아래 부분을 칸막이 틈에 고정시켜 놓고 거기 의지한 채, 이 흔들리는 배 안에서 마치 뭍에서처럼 요리를 하고 있는 모습은 정말 장관이었다.

키잡이는 내게 "바비큐는 보통 사람이 아니야. 젊을 때 공부도 많이 했고 마음만 내키면 책을 읽듯이 말할 수도 있어. 사자보다 더 용감해"라고 말하곤 했다.

모든 선원이 실버를 존경했고 심지어 그에게 복종하기까지 했다. 그는 내게 늘 친절했고, 어쩌다 내가 취사장에 찾아가면 나를 반갑게 맞았다. 취사장은 언제나 온 구석이 반짝반짝 윤이 날 정도로 깨끗했다. 그리고 취사장에는 앵무새 한 마리가 있었다.

어느 날 취사장으로 찾아간 내게 그가 말했다.

"어서 와, 호킨스. 네가 제일 반가워. 여기 플린트 선장하고 인사하도록 해. 이 앵무새 이름이야. 저 유명한 해적 이름을 따왔지. 이 플린트 선장이 우리 항해가 성공할 거라고 했어. 그랬지, 선장?"

그러면 앵무새는 "은화 여덟 닢, 은화 여덟 닢, 은화 여덟 닢"이라고 재잘거리다가 실버가 새장을 손수건으로 덮고 나서야 입을 다물었다.

롱 존 실버와 함께 지내다 나오면 나는 항상 기분이 좋았다. 그와 인사를 나눈 후 주방을 나오면서 나는 그가 정말 마음씨 곱고 착한 사람이라고 늘 생각했다.

반면, 트렐로니 씨와 스몰렛 선장은 사이가 여전히 안 좋았다. 트렐로니 씨는 그에 대한 반감을 노골적으로 드러냈고 그를 무시했다. 선장은 누군가 그에게 말을 걸기 전에는 결코 입을 열지 않았다. 그리고 입을 열더라도 짧고 무뚝뚝하게 한두 마디를 던질 뿐이었다. 그는 배는 아주 마음에 들지만 이 항해 자체는 여전히 마음에 안 든다고 트렐로니 씨에게 분명히 말하곤 했다.

어쨌든 멋진 히스파니올라호는 바람을 맞으며 우리가 찾는 섬을 향해 순항하고 있었다. 이제 섬으로 통하는 외해를 통과하는 것 같았고 아무리 늦어도 이튿날 정오 전에는 보물섬을 눈으로 맞을 수 있을 것 같았다. 모험이 막바지에 이르렀다고 생각하고 우리는 모두 흥분해 있었다.

그날, 나는 할 일을 마치고 침실로 돌아가는 길이었다. 나는 갑자기 사과가 먹고 싶어졌다. 갑판 중앙에 사과가 들어 있는 통이 있어서 아무나 아무 때고 집어 먹을 수 있었다. 나는 갑판으로 달려갔다. 선원들은 모두 섬이 이제나저제나 나타나기를 기대하며 앞을 바라보고 있었다. 키잡이는 휘파람을 불며 돛을 바라보고 있었다.

나는 사과 통 안으로 들어갔다. 사과 통은 거의 비어 있었다. 나는 그 통 안에 웅크리고 앉았다. 그런 자세로 가볍게 흔들거리는 배 움직임에 몸을 맡기고 있자니 마음이 편해져서 나는 그만 깜빡 졸았다. 바로 그때 웬 육중한 사내가 사과 통 옆에 털썩 주저앉는 바람에 사과 통이 흔들렸다. 나는 통 안에서 일어서려 했다. 순간 그 사내의 목소리가 들렸다. 실버의 목소리였다. 그런데 그의 첫 마디 말을 듣자마자 나는 무서워서 도저히 밖으로 나갈 수 없었다. 나는 공포와 호기심에 사로잡혀 그가 하는 말을 듣고 있었다. 그가 던진 몇 마디 말로도, 이제 이 배 안에 탄 사람들의 목숨이 오로지 내 손에 달려 있음을 알게 되었던 것이다.

실버가 말했다.

"아니, 내가 아니야. 플린트가 선장이었어. 나는 조타수였지. 나는 포격전에서 다리를 잃었고 퓨도 장님이 되었지. 내 다리를 수술해준 자는 유능한 의사였어. 하지만 코르소 성에서 다른 놈들과 함께 개처럼 목이 매달려 햇볕에 널리는 신세가 되었지.”

그가 플린트와 퓨와 한패라니! 그렇다면 그는 해적이란 말인가!

그의 말을 누군가 받았다. 배에서 가장 젊은 선원이었다.

“플린트 선장은 해적 중의 해적이었지요?” 존경이 가득 담긴 목소리였다.

“데이비스도 대단했지. 하지만 내가 그의 배에 탄 적은 없어. 처음에는 잉글랜드와 함께였고 그 다음에는 플린트였지. 그게 다야. 그리고 이번에는 어찌 보면 나 혼자 독자적으로 배를 탄 거야. 잉글랜드와 함께 하면서 나는 900파운드를 모았어. 플린트의 배를 탄 뒤에는 2,000파운드가 되었고. 선원으로서는 적지 않은 돈이야. 모두 은행에 넣어두었지. 버는 게 중요한 게 아니야. 그걸 절약할 줄 알아야 하는 거야. 잉글랜드와 함께 했던 친구들은 어떻게 됐을까? 또, 플린트의 배에 탔던 친구들은? 그래, 그들은 대부분 지금 이 배 안에 있어. 과자 쪼가리나 얻어먹을 수 있게 된 걸 기뻐하면서 말이야. 분명히 그 전에 거지 짓이나 하고 살았을 거야. 그 퓨 늙은이 있지? 두 눈을 잃더니 1년에 1,200파운드를 써댔어. 자기가 무슨 귀족이나 된 것처럼. 근데 어떻게 됐지? 거지처럼 2년 동안 굶주리더니 이제 죽어

버렸어. 구걸을 하고, 도둑질을 하고, 사람들 목을 베어버리고,
그런 짓을 하고서 결국 굶주리다니! 맙소사!"

"결국, 말짱 꽝이로군요."

"그래, 멍청이들에게는 다 그런 거야. 더한 것을 손에 넣어도
마찬가지야. 하지만 자네는 달라. 내가 한눈에 알아봤어."

이 악당은 나를 꼬일 때처럼 젊은 선원을 부추기고 있었다.
나는 화가 치밀어 당장에라도 사과 통에서 밖으로 뛰쳐나가고
싶었다. 내가 듣고 있다는 것을 새까맣게 모르는 채 실버는 말
을 이었다.

"부자 신사의 운명은 다 그런 거야. 험한 일을 겪고 교수형을
당할 위험을 감수하며 살지. 그 위험이 끝나면 돈푼깨나 만지
지만 모두 럼주와 방탕한 생활로 날려버려. 그러고는 빈털터리
가 되어 다시 바다로 나가지. 하지만 나는 그러지 않아. 나는 돈
을 모아둬. 그것도 한 군데가 아니라 여기저기 조금씩. 이제 내
나이 쉰이야. 이번 항해를 마치면 나는 진짜 신사가 될 거야."

"하지만 이전에 번 돈은 이번 일로 다 날린 것 아닌가요? 다
시는 브리스톨로 돌아갈 수 없게 될 거잖아요."

"내 돈이 어디 있는 것 같아?"

"브리스톨의 은행에 있을 거 아니에요?"

"다 꺼냈어. '망원경'도 팔았어. 그 돈은 다 마누라가 가지고 있어. 자네는 마누라가 나를 속이면 어쩔 것이냐고 말하고 싶겠지? 이 세상에 그런 일은 있을 수 없어. 퓨를 무서워하는 놈들도 있었고 플린트를 무서워하는 놈들도 있었지만, 실은 플린트도 나를 무서워했어. 나를 배신하고는 이 세상에서 나와 같은 하늘을 이고 살아갈 수가 없어. 자네도 알다시피 나는 잘난 체 과장하는 놈이 아니야. 그냥 겸손하게 남들과 잘 지내는 놈일 뿐이야. 그러니 내 말을 믿어야 해."

그러자 젊은 선원이 말했다.

"이제야 털어놓지만 당신 이야기를 듣기 전까지는 이 일에 끼고 싶지 않았어요. 하지만 존, 이제 저도 함께 하겠어요."

실버가 그의 손을 잡고 세차게 악수를 해대는지 내가 들어 있는 사과 통이 흔들렸다. 실버가 그에게 말했다.

"자넨 용감한 사람이야. 영리하기도 하고. 게다가 자네처럼 부자 신사 노릇하기에 적합한 사람을 본 적이 없어."

그제야 나는 그들이 쓰는 용어를 이해할 수 있었다. 그들은 '해적'이라는 말을 자기네들끼리는 '부자 신사'라는 말로 바꾸어 쓰고 있었다. 그들의 이야기가 끝나자 어디선가 그 이야기를 듣고 있었는지 누군가가 걸어와 두 사람 곁에 앉았다. 그러자 그에게 실버가 말했다.

"딕이 함께 하기로 했어."

"내 그럴 줄 알았지요." 조타수인 이스라엘 핸즈의 목소리였다. 그는 씹는담배를 질경거리며 말했다.

"딕은 바보가 아니거든. 하지만 바비큐, 알고 싶은 게 있어요. 도대체 언제까지 꾸무럭거릴 거야? 스몰렛 선장, 그놈 정말 지긋지긋하거든요."

"언제까지냐고? 정말 알고 싶어? 일이 끝날 때까지야. 일류 선원인 스몰렛 선장이 이 배를 몰고 있어. 그놈이 얌전하게 우리를 그 섬에 데려다줄 거라고. 물론 나는 그 섬을 잘 알아. '해골섬'이라고 부르는 작은 섬 뒤에 정박지가 있는 것도 알아. 하지만 보물이 있는 곳이 어디인지는 몰라. 그 의사와 그 부자 양반이 지도를 갖고 있어. 우리는 지도가 어디 있는지도 몰라. 그러니 놈들이 물건을 찾아 배에 실을 때까지 기다리는 거야. 스몰렛 선장이 돌아가는 배를 몰 때 일을 벌이는 거야. 이봐, 앞길 창창한 젊은 친구들이 해적 처형장에서 목이 매달려 햇빛에 말라비틀어지는 걸 내가 한두 번 본 줄 알아? 다들 왜 그렇게 됐는지 알아? 그놈의 성급함, 그래 바로 성급함 때문이야."

그러자 딕이 말했다.

"하지만 우리가 놈들을 친 다음에 그놈들은 어떻게 처리하지요?"

"이 친구 정말 맘에 들어! 놀랄 정도야. 어떻게 하면 좋을까? 섬에 그냥 두고 갈까? 잉글랜드라면 그렇게 했겠지. 아니면 돼지처럼 목을 따버릴까? 플린트나 빌리라면 그렇게 했겠지. 그렇지만 나는 그들보다 순한 사람이야. 나는 신사야. 하지만 이번 일은 심각해. 할 일은 해야지. 나는 그들을 없애는 데 한 표 던지겠어. 내가 의원이 되어 마차를 타고 다닐 때, 저들이 살아서 어슬렁거리는 꼴은 보고 싶지 않아. 그러나 지금은 때가 아니야. 기다리자는 거야. 자, 딕, 일어나서 사과 통에서 사과를 하나 갖다줘. 목을 좀 축여야겠어."

내가 얼마나 공포에 질렸는지 상상해보라. 내게 힘이 남아 있었다면 나는 당장 뛰쳐나가 도망쳤을 것이다. 하지만 몸도 마음도 말을 듣지 않았다.

딕이 자리에서 일어나는 소리가 들렸다. 그런데 누군가 그를 막았다. 핸즈였다.

"제길! 사과 같은 건 치워버려! 존, 럼이나 한 잔 하자고!"

그러자 실버가 말했다.

"딕, 자네를 믿네. 럼주 술통에 다녀와. 여기 열쇠가 있어. 한 잔만 채워서 가져와."

그랬다. 두려움에 질려 있는 가운데도 나는 애로우가 저런 식으로 술을 구했고 결국 파멸에 처하게 되었음을 알게 되었다.

딕이 자리를 뜨자 이스라엘이 실버의 귀에 대고 뭔가 속삭였다. 한두 마디밖에 알아들을 수 없었지만 중요한 정보를 얻을 수 있었다.

"다른 놈들은 넘어오지 않을 거야."

그렇다면 이 배에는 아직 믿을 만한 사람이 남아 있다는 뜻이었다.

딕이 술을 가져오자 셋은 잔을 돌려가며 술을 마셨다. 그들은 번갈아, "우리들의 성공을 위하여!", "플린트를 위하여!", "우리들을 위하여! 엄청난 보물을 위하여!"라고 외쳤다.

바로 그때 내가 숨어 있는 통 속으로 밝은 달빛이 비쳤다. 눈을 들어보니 달이 떠올라 돛대 꼭대기를 하얗게 비추고 있었다. 그와 동시에 망보던 자의 외침이 들렸다.

"육지다!"

제4장 작전 회의

갑판 위에 우르르 사람들이 뛰어가는 소리가 들렸다. 나는 잽싸게 사과 통에서 나와 앞 돛대 뒤에 몸을 숨겼다가 잽싸게 고물 쪽으로 달려갔다.

고물에는 이미 많은 사람들이 모여 있었다. 달이 떠오르자 안개도 걷혔다. 그곳에서 남서쪽 방향으로 3킬로미터 정도 떨어진 곳에 두 개의 낮은 산이 솟아 있었고 그 뒤로는 그것들보다 높은 산이 자리 잡고 있었다.

나는 좀 전의 두려움이 가시지 않은 채 마치 꿈결에서인 양 그것들을 바라보고 있었다. 이윽고 스몰렛 선장의 명령 소리가 들렸다. 히스파니올라호는 바람을 향해 약간 방향을 틀었다. 그러자 똑바로 섬의 동쪽을 향해 진로가 잡혔다.

잠시 후 스몰렛 선장, 트렐로니 씨, 의사 선생님이 뒤쪽 갑판에 모여 이야기를 나누고 있는 모습이 보였다. 나는 내가 들은 이야기를 빨리 그들에게 전해주고 싶어 조바심이 났다. 하지만 다른 선원들 단 한 명이라도 있는 곳에서는 이야기를 해줄 수 없었다. 뭔가 그럴듯한 구실을 찾기 위해 고심하고 있는데 마침 리브지 선생님이 내게 가까이 오라는 손짓을 했다. 골초인 선생님이 파이프를 입에 물고 있지 않은 것으로 보아, 아래 두고 온 파이프를 가져오라고 시킬 생각인 것 같았다. 나는 선생님 가까이 가자 남들에게 들리지 않게 낮은 목소리로 재빨리 말했다.

"선생님, 선생님께 긴히 드릴 말씀이 있어요. 세 분이 얼른 아래 선실로 내려가세요. 그리고 적당한 구실을 만들어서 저를 그 아래로 불러주세요. 정말 무시무시한 이야기예요."

내 표정과 말투를 보고 리브지 선생님의 안색이 약간 변한 것 같았지만 곧 평정을 되찾았다.

"고맙다, 짐. 내가 알고 싶었던 게 바로 그거란다."

선생님은 마치 내가 그의 질문에 대답이라도 한 것처럼 큰 소리로 말했다.

나는 그들 곁을 떠났고 그들은 낮은 목소리로 뭔가 이야기를 나누었다. 리브지 선생님이 내 말을 전한 게 틀림없었다. 곧바로 선장이 조브 앤더슨에게 명령을 내려, 모든 선원들을 갑판에 불러 모았던 것이다.

선원들 앞에서 스몰렛 선장이 말했다.

"여러분 모두에게 할 말이 있다. 이제 우리 항해의 목적지인 섬이 눈앞에 있다. 방금 이 배의 선주이신 트렐로니 씨께서 여러분들이 모두 열심히 자기 몫을 했는지 물으셨다. 나는 모든 선원이 더 이상 바랄 수 없을 정도로 성실하게 자기 임무를 다했다고 말씀드렸다. 자, 나와 의사 선생님, 그리고 트렐로니 씨는 아래 선실로 내려가 건배를 들 작정이다. 여러분들에게도 물에 탄 럼주를 돌려 우리의 행운과 건강을 위해 축배를 들게 해주시겠다고 했다. 참으로 너그러우신 처사다. 여러분 생각도 나와 같다면 우렁찬 환호로 답해주기 바란다."

당연히 선원들은 환호성을 질렀다. 너무나 우렁차고 진심에서 나오는 것 같은 환호성이었기에, 그들 대부분이 우리들을 죽이려는 음모를 꾸미고 있다는 것을 믿을 수 없었다.

잠시 후 세 사람은 선실로 내려갔다. 그런 후 얼마 지나지 않아 선실에서 짐 호킨스를 찾는다는 전갈이 왔다.

나는 곧바로 선실로 내려갔다. 선실에 들어가보니 셋은 스페인산 포도주와 건포도가 놓인 탁자 주위에 둘러앉아 있었다. 의사 선생님은 무릎에 가발을 올려놓은 채 담배 연기를 내뿜고 있었다. 내가 알기로는 그가 흥분했다는 표시였다.

나를 보자 트렐로니 씨가 말했다.

"자, 호킨스, 할 말이 있다고? 어서 말해봐."

나는 가능한 한 짧게, 그러나 요점을 놓치지 않고, 내가 공포에 사로잡혀 들었던 그들의 대화 내용을 이야기해주었다. 내 말이 끝날 때까지 그들은 말없이 미동도 하지 않았지만 시종일관 내게서 눈을 떼지 않았다.

내 이야기가 끝나자 리브지 선생님이 입을 열었다.

"짐, 여기 앉아라."

그들은 나를 의자에 앉히더니 포도주를 한 잔 따라준 후, 내 손에 건포도를 가득 쥐어주었다. 셋은 돌아가며 나를 위해 건배했고, 내 용기를 칭찬해주었다.

트렐로니 씨가 말했다.

"선장, 당신이 옳았소. 내가 잘못한 거요. 내가 멍청이였다는 걸 인정하오. 이제 모든 걸 당신 지시대로 하겠소."

그러자 선장이 대답했다.

"저 역시 바보였습니다. 반란을 꾸미는 선원들은 으레 그 낌새가 보이기 마련입니다. 그런데 그걸 눈치 채지 못하다니……."

그러자 의사 선생님이 말했다.

"이번 경우는 좀 다르오. 저 실버가 꾸민 일 아니오? 새삼 하는 말이지만 정말 대단한 사람이오."

"돛 활대 끝에 걸어두면 대단히 잘 어울리는 자이겠지요. 어쨌든 이렇게 말로만 떠들고 있을 때가 아닙니다. 제게 서너 가지 생각이 있는데 트렐로니 씨가 좋다고 하신다면 말씀드리겠습니다."

"당신은 선장이오. 당연히 말씀하셔야지요." 트렐로니 씨가 전보다 훨씬 정중해진 어조로 말했다.

"첫째로 우리는 되돌아가서는 안 됩니다. 제가 뱃머리를 돌리라고 명령을 내리면 저들은 곧 반란을 일으킬 겁니다. 둘째로, 우리에게는 아직 시간이 있습니다. 최소한 보물을 찾을 때까지는. 셋째로, 이 배에는 아직 믿을 만한 선원들이 있습니다. 어쨌든 조만간 일이 터질 건 분명하니까, 놈들이 전혀 예상하지 못한 때 선수를 치는 겁니다. 제 생각에 선주님이 데려오신 하인들은 믿을 만할 것 같은데요. 어떻습니까, 선주님?"

"나만큼 믿을 수 있소."

"그러면 세 명은 확실히 우리 편입니다. 우리들과 합하면 모두 일곱이지요. 물론 호킨스도 포함해서입니다. 그리고 선원들 중에 믿을 만한 친구는 누가 있을까요?"

그러자 의사 선생님이 말했다.

"아마, 실버를 만나기 전에 트렐로니 씨가 직접 뽑은 사람들은 괜찮을 겁니다."

"그렇지 않소. 핸즈도 내가 직접 뽑았소." 트렐로니 씨가 한숨을 내쉬며 말했다.

선장이 말했다.

"제가 드릴 말은 간단합니다. 누가 우리 편인지 확실히 알기 전에는 꾹 참고 기다리는 수밖에 없습니다."

상황은 암담했다. 아무리 보아도 지금 현재로서는 아무런 힘도 쓸 수 없는 나를 포함해서 믿을 수 있는 사람은 일곱 명뿐이었다. 어른들만 놓고 보자면 우리 편은 여섯 명이었고, 적들은 열아홉 명이었다.

제3부

해안에서

제1장 섬에서의 모험이 시작되다

이튿날 아침 갑판에 올라가보니 섬은 전혀 새로운 모습을 드러내고 있었다. 우리 배는 동쪽 해안에서 남동쪽으로 약 1킬로미터 정도 되는 곳에 멈추어 있었다. 간간이 푸른 소나무가 눈에 띨 뿐 섬은 온통 잿빛의 숲으로 덮여 있었다. 산들의 꼭대기는 바위로 되어 있었으며 하나같이 기괴한 모습이었다. 그중에서 가장 높은 산이 '망원경산'으로서 높이는 약 100미터 정도에, 모습도 가장 기괴했다.

우리는 지도에서 닻이 그려진 곳에 배를 정박시켰다. 가장 큰 섬과 해골섬 양쪽 해안에서 약 500미터 정도 떨어진 곳이었다. 흡사 원형극장에라도 들어온 듯, 산꼭대기가 정박지를 둘러싸고 있었다.

배가 섬에 도착하자 선원들의 모습이 돌변했다. 위협적으로 변한 것이다. 그들은 투덜거리며 갑판 여기저기 모여 쑥덕거렸다. 반란의 기운이 배 안을 뒤덮고 있었다. 그런 그들 사이를 분주히 오가며 그들을 좋은 말로 구슬린 것은 바로 롱 존이었다. 세상에 그 정도로 모범적인 사람은 없는 것 같았다. 그는 평소보다 더 명령에 잘 복종했고, 더 공손했으며 모든 사람들에게 미소를 보냈다. 하지만 그날의 음울한 분위기 가운데서 롱 존의 그런 모습이 가장 위협적이었다.

우리 '선실파'들은 선실에 모여 회의를 했다. 먼저 선장이 입을 열었다. 그런데 그의 입에서 나온 것은 전혀 뜻밖의 말이었다.

"언제라도 들고 일어날 기세입니다. 이제 우리가 믿을 사람은 단 한 명밖에 없습니다."

"그게 누굽니까?" 트렐로니 씨가 물었다.

"실버입니다."

"아니, 놈들의 우두머리를 믿다니? 그게 도대체 무슨 말이오?"

"놈도 선원들이 쉽사리 폭발해버릴까 봐 우리들만큼 애를 태우고 있습니다. 그는 무슨 수를 써서라도 선원들을 진정시키려 할 겁니다. 그러니 실버에게 그 기회를 주자 이겁니다. 오후에 선원들에게 섬으로 가도 좋다고 허락하는 겁니다. 실버는 선원들을 설득할 좋은 기회라고 생각하고 얼씨구 하며 받아들일 겁니다. 그 틈에 우리가 배를 장악하는 겁니다."

선장의 말에 반대할 이유가 없었다. 선장은 헌터, 조이스, 레드루스에게 무기를 나누어주며 사정을 모두 말해주었다. 그들은 별로 놀라지도 않았고 기가 죽지도 않았다.

선장은 갑판에 올라가 선원들을 모으고 연설을 했다.

"여러분은 모두 지쳐 있다. 그러니 잠시 뭍에 가서 휴식을 취하고 오는 게 좋다고 생각한다. 원하는 사람은 모두 보트에 올라 뭍으로 가라. 해지기 반 시간 정도 전에 포를 쏘아 돌아오라는 신호를 보내겠다."

당장 섬에 가기만 하면 보물이 산처럼 쌓여 있을 거라고 생각했는지 모두들 환호성을 내질렀다. 당장 뭍으로 갈 사람이 정해졌다. 결국 선원 중 여섯 명은 배에 남기로 했고 실버를 포함해 열세 명이 보트에 탔다.

순간 내게 엉뚱한 생각이 떠올랐다. 사실 그런 식의 내 엉뚱한 생각이 사람들 목숨을 건지는 데 큰 도움이 되었으며, 이번이 바로 그 첫 번째 경우였다. 나는 내가 배에 남아 있어보았자 '선실파'에게 별 도움이 되지 않으리라 생각했다. 게다가 실버가 여섯 명을 일부러 남겨 놓았다면 배를 장악한다는 선장의 계획이 제대로 실행될지도 미지수였다.

나는 뱃전을 미끄러지듯 내려가 가까운 곳에 있는 보트 앞에 몸을 웅크리고 앉았다. 아무도 내게 주의를 기울이지 않았다. 이윽고 내가 탄 보트가 섬에 닿았다. 나는 나뭇가지를 잡고 몸을 앞뒤로 흔들며, 그 반동으로 뭍으로 뛰어내렸다. 그리고 뒤도 돌아보지 않고 앞을 향해 내달렸다. 뒤에서 "짐, 짐"이라고 외치는 실버의 목소리가 들렸지만 나는 곧장 앞만 보고 냅다 달렸다.

홀로 된 나는 탐험가의 기분이라는 게 이런 것이로구나, 느끼며 그 기분을 만끽했다. 섬은 무인도였다. 함께 온 선원들은 모두 따돌렸고 내 앞에는 야생의 짐승과 새들만 있을 뿐이었다. 이윽고 나는 참나무 숲이 우거진 곳에 도착했다. 강렬한 햇빛을 받아 늪에서는 모락모락 김이 피어오르고 있었고, 망원경 산이 아지랑이 너머로 그 윤곽을 드러내고 있었다.

그때 갈대밭 덤불 속에서 갑자기 야생 오리 한 마리가 꽥꽥거리며 날아올랐고, 이어서 엄청난 수의 새들이 일제히 날아올라 늪지 전체를 뒤덮다시피 했다. 나는 선원들 중 누군가 늪가를 따라 걸어오고 있는 것이라 생각하고 가까이 있는 참나무

아래로 기어들어가 쭈그리고 앉아 숨을 죽이고 귀를 기울였다.

두 명이 대화를 하며 가까이 오고 있었다. 한 명의 목소리는 분명 실버의 목소리였다. 이윽고 두 명은 어딘가에 자리를 잡고 앉은 것 같았다. 나는 그들의 대화를 엿듣기 위해, 천천히 그들이 있는 곳으로 기어갔다. 그들은 늪지대 옆, 숲속 빈터에 마주 보고 앉아 이야기를 나누고 있었다.

실버가 말했다.

"이봐, 이건 내가 자네를 금싸라기처럼 귀하게 여기고 있기 때문이야. 맞아, 정말 금싸라기지. 내가 그렇게 생각하지 않는다면 왜 자네에게 이렇게 미리 조심하라고 일러주겠나? 이제 일은 다 끝난 거야. 자네가 할 수 있는 건 아무것도 없어. 톰, 내가 이러는 건 다 자네 목숨을 구해주기 위해서라고."

그러자 톰이 말했다. 얼굴이 벌겋게 달아올라 있었고 목소리가 떨리고 있었다.

"실버, 당신은 나이도 많고 정직해요. 최소한 그런 평판이 있지요. 게다가 당신은 부자예요. 뱃사람들은 대개 다 가난한데……. 나는 당신이 용감한 걸로 알고 있어요. 그런데 그런 당신이 저런 망나니들 무리에 낀단 말이에요? 그러지 말아요! 나도 차라리 내 손목을 자르고 말지, 양심상 그런 짓은……."

그때 갑자기 시끄러운 소리가 들려 그의 말이 끊겼다. 늪 저쪽에서 분노에 찬 고함 소리가 들리더니 이어서 끔찍한 비명 소리가 들린 것이었다. 나는 순간적으로 또 한 명의 정직한 선원이 변을 당했음을 알아차릴 수 있었다.

비명 소리에 톰은 벌떡 자리에서 일어났다. 하지만 실버는 눈 하나 깜짝하지도 않았다.

"존, 저게 도대체 무슨 소리오?"

실버는 싱글거리고 있었다. 하지만 경계의 기색이 역력했으며 바늘구멍 같은 눈을 번득이고 있었다.

"저거? 아마 알란일 거야."

그러자 톰이 영웅처럼 씩씩하게 외쳤다.

"알란! 오, 하느님! 알란의 영혼을 편히 쉬게 하소서! 그는 진정 뱃사람이었나이다. 존, 당신은 오랫동안 내 친구였소. 하지만 이제는 아니오. 설사 개죽음을 당하는 한이 있더라도 내 의무를 다하며 죽어갈 거요. 당신은 알란을 죽게 했소. 자, 어디 나도 한 번 죽여보시지. 하지만 순순히 당하고만 있지는 않을걸."

말을 마친 이 용감한 사내는 요리사에게 등을 돌리고 해변을 향해 걸어가기 시작했다. 하지만 그는 얼마 가지 못했다. 존이 한 손으로 나뭇가지를 움켜잡더니 겨드랑이에 끼고 있던 목발을 그를 향해 날린 것이다. 목발의 뾰족한 끝은 톰의 등 한복판을 정확히 맞추었고, 톰은 헉 소리를 내며 그 자리에 쓰러졌다.

그가 얼마나 큰 부상을 입었는지는 알 수가 없었다. 하지만 그 소리로 보아 허리가 부러진 것 같았다. 실버는 그가 다시 일어날 틈을 주지 않았다. 목발이 없는데도 그는 마치 원숭이처럼 날렵하게 톰의 몸 위로 올라가더니 그의 몸뚱이에 두 번씩이나 깊숙이 칼을 찔러 넣었다.

나는 기절한다는 게 어떤 건지 알지 못한다. 하지만 그 순간, 아주 잠시 동안 내 주변 모든 것이 빙글빙글 돌더니 아무것도 보이지 않게 되었다는 것은 정확히 안다.

내가 다시 정신을 차렸을 때 그 괴물은 목발을 옆구리에 낀 채, 모자를 쓰고 있었다. 바로 그의 발아래 톰이 꼼짝도 못 한 채 누워 있었다. 살인자는 그를 거들떠보지도 않고, 풀잎으로 칼날을 닦고 있었다. 변한 것은 아무것도 없었다. 태양은 여전히 모락모락 김이 피어오르는 늪과 높은 산꼭대기를 비추고 있었다.

존은 호주머니에서 호각을 꺼내더니 톤을 다르게 하여 몇 번 불었다. 호각 소리는 뜨거운 공기를 가르며 멀리까지 울려 퍼졌다. 그 소리를 듣고 나는 공포에 사로잡혔다. 곧 놈들이 달려

오고 나는 발각되리라. 나도 톰과 알란처럼 개죽음을 당하리라.

나는 즉시 그곳을 벗어나기 위해 최대한 빨리, 하지만 최대한 소리를 내지 않고 기어가기 시작했다. 덤불을 빠져 나오자 나는 젖 먹던 힘까지 내어 전속력으로 달리기 시작했다. 살인자들로부터 멀어질 수만 있다면 방향이 어디건 아무 상관없었다.

그렇게 정신없이 달리다보니 나는 나도 모르게 봉우리가 두 개인 작은 산기슭에 이르게 되었다. 소나무와 참나무들이 숲을 이루고 있었고, 공기도 늪지대보다는 한결 상쾌한 곳이었다.

그런데 바로 그곳에서 나는 다시 한 번 깜짝 놀라 그 자리에 얼어붙은 듯 서 버리고 말았다.

제2장 섬 사나이

　가파른 돌투성이 산비탈에서 자갈 한 무더기가 나무들 사이
로 요란하게 굴러떨어졌다. 본능적으로 그쪽으로 고개를 돌린
순간, 뭔가가 재빠르게 소나무 뒤로 숨는 모습이 보였다. 시커
먼 털북숭이를 본 것 같기도 했다. 곰일까, 사람일까? 아니면
원숭이일까? 하지만 생각할 만한 여력이고 뭐고 없었다. 이 뜻
밖의 출현에 나는 그만 그 자리에서 얼어붙고 만 것이다.

　나는 오도 가도 못하는 신세가 된 셈이었다. 뒤에는 실버가
있었고, 앞에는 정체 모를 괴물이 있었다. 그래도 그 괴물보다
는 실버가 낫겠다는 생각에 나는 등을 돌려 조심조심 발걸음을
옮겼다.

　순간 그 괴물이 길을 빙 둘러 다시 내 앞에 나타났다. 내 앞

길을 막으려는 심산이 분명했다. 그 이상한 괴물은 마치 사슴처럼 나무 사이를 휙휙 뛰어다녔지만 분명 사람처럼 두 다리로 뛰어다녔다.

나는 멈춰 서서 도대체 이 난관에서 어떻게 벗어날 수 있을까 궁리했다. 순간, 내가 수중에 권총을 지니고 있다는 생각이 떠올랐다. 내게도 방어 수단이 있다는 생각이 들자 내 마음속에서 용기가 솟았고, 나는 섬 사나이를 향해 허리를 편 채 당당하게 걸어갔다.

내가 그에게 물었다.

"당신 누구요?"

그러자 그가 "벤 건"이라고 짧게 대답했다. 녹슨 쇳소리처럼 거친 목소리였다.

"벤 건이요?"

"그래, 벤 건. 불쌍한 벤 건. 지난 3년 동안 기독교인과 말을 해보지 못했어."

그 말을 듣고 그를 자세히 바라보니 나와 같은 백인이었다. 얼굴이 온통 햇볕에 검게 그을려 있었고, 심지어 입술까지도 새까맸으며 그 때문에 눈은 더욱 새하얗게 보였다. 사내는 낡은 돛과 선원복을 기워 만든 누더기를 걸치고 있었는데, 세상에 그런 거지 중의 상거지 꼴은 본 적이 없을 정도였다. 허리에 는 낡은 가죽 허리띠를 두르고 있었는데 그의 옷차림 중에서 멀쩡한 것은 그것뿐이었다.

"3년이나요! 난파를 당한 건가요?" 내가 소리쳤다.

"아니야. 버려진 거야."

나는 해적들에게 버려진다는 게 무슨 뜻인지 알고 있었다. 그 말은 해적들이 잘못을 저지른 동료에게 약간의 화약과 총알 만 준 채, 외딴 무인도에 내팽개쳐둔다는 것을 뜻했다.

"3년이나 유배됐지. 염소, 나무 열매, 조개를 먹고 살았어. 사 람이란 어디서건 그럭저럭 살아남게 되어 있는 법이야. 하지 만 나는 정말 제대로 된 음식을 먹고 싶어. 이봐, 치즈 한 조각 이라도 가진 거 없어? 밤이면 밤마다 얼마나 치즈 꿈을 꾸었는 지……. 그러다 잠에서 깨면 언제나 같은 곳이었단 말이야."

내가 그에게 말했다.

"제가 배로 다시 돌아갈 수 있다면 실컷 치즈를 드릴게요."

그는 내 말에 놀란 듯 고개를 들고 경계하는 표정을 지었다.

"'배로 돌아갈 수 있다면'이라고? 누가 너를 못 가게 막고 있 다는 거냐?"

"물론 아저씨는 아니지요."

"당연하지. 한데 네 이름이 뭐냐?"

"짐이요. 짐 호킨스."

그러자 그는 주위를 둘러보더니 낮은 목소리로 말했다.

"짐, 나는 부자야."

나는 이 불쌍한 사내가 혼자 외롭게 지내다가 미쳤다고 생각했다. 그는 내 생각을 눈치챈 듯 다시 말했다.

"그래, 짐! 나는 부자야. 짐, 네가 원하기만 하면 너를 굉장한 사람으로 만들어줄 수 있어. 네가 나를 처음으로 발견했으니, 정말 하늘에 감사해야 할 거다."

순간 그의 얼굴이 갑자기 어두워지더니, 내 손을 강하게 움켜잡으며 말했다.

"짐, 사실대로 말해봐. 네가 말하는 배가 플린트의 배니?"

그 말을 듣자 그가 우리 편이라는 생각이 들어 나는 즉시 대답했다.

"아뇨. 플린트의 배가 아니에요. 플린트는 죽었어요. 하지만 불행하게도 그의 부하들이 그 배에 타고 있어요."

"그렇다면…… 그중에 다리가 하나인 놈은 없어?" 그가 놀라서 숨을 헐떡이며 물었다.

"실버요?"

"그래, 실버! 바로 그놈이야!"

"그는 요리사예요. 그가 두목이에요."

그러자 그가 여전히 쥐고 있던 내 손목을 거의 비틀다시피 하며 말했다.

"롱 존이 너를 보낸 거라면, 이제 나는 볼 장 다 본 거다."

나는 순간 마음의 결정을 내렸다. 나는 그에게 그동안 벌어진 사건의 전말을 다 이야기해주었다.

내가 이야기를 끝내자 그가 말했다.

"존, 너는 정말 착한 아이로구나. 그런데 너희들은 정말 난감한 처지로구나. 하지만 이 벤 건만 믿으면 돼. 너희들에게 꼭 필요한 사람이거든. 그런데 그 대지주란 사람, 자기를 도와준 사람에게 은혜를 갚을 줄 아는 사람이니?"

나는 그 사람은 정말 관대한 사람이라고 말해주었다.

"그래, 잘 알았다. 하지만 이건 명심해야 해. 나는 그럴 듯한 옷이나 해달라거나, 문지기 일을 달라는 게 아니야. 그 사람이 내 몫, 그러니까 한 1,000파운드 정도 떼어줄 사람이냐 이거지."

"분명히 그럴 거예요. 모든 선원들에게 몫을 나눠주기로 했거든요."

"그렇다면 내가 내 이야기를 해주마. 나는 플린트가 보물을 묻을 때 그의 배에 있었어. 플린트는 힘 센 여섯 명의 선원들을 데리고 섬으로 갔지. 놈들은 거의 1주일 동안 섬에 있었고, 우리는 월러스호를 타고 섬 주변을 왔다 갔다 하고 있었어. 그런데 나중에 플린트 혼자 돌아온 거야. 혼자서 어떻게 여섯 명을 해치웠는지 몰라. 빌리 본즈가 항해사였고, 롱 존 실버가 조타수였어. 둘은 보물이 어디 있느냐고 물었지. 하지만 플린트는 그게 알고 싶으면 섬으로 돌아가 머무르라고 하더군. 자기는 돈을 더 벌러 떠나겠다고 하면서.

그리고 3년 전 나는 다른 배에 타고 있었어. 그런데 그 배가 다시 이 섬에 오게 된 거야. 내가 선장에게 여기 플린트의 보물이 묻혀 있다고 말했지. 선장은 별로 달갑게 생각하지 않았지만 선원들이 찾아보자고 해서 우리는 모두 섬으로 갔어. 하지만 보름 가까이 보물을 찾아도 허탕이었고 화가 난 그들이 나를 여기 두고 떠난 거야. 소총하고 삽하고 곡괭이를 주면서 나보고 실컷 찾아보라고 했지. 그래서 나는 이곳에서 3년을 지내게 된 거야."

그가 그 말을 하면서 눈을 찡긋하더니 나를 아주 세게 꼬집었다.

"짐, 너 그 배 선주에게 이 말 꼭 해야 돼. '그 아저씨는 밤이

나 낮이나, 맑은 날이건 비가 오는 날이건 3년을 꼬박 이 섬에 있었어요. 그리고 가끔 기도문을 외웠어요(이 말 하는 거 잊으면 안 돼). 그리고 이따금 늙으신 어머니를 떠올렸대요. 벤 건은 효자 거든요(이 말도 꼭 해야 돼). 하지만 아저씨는 대부분의 시간을 다른 일을 하면서 보냈어요.' 그리고 이 말도 꼭 해야 해. '벤 건 아 저씨는 정말 좋은 사람이에요. 돈이 많은 사람보다 태생적으로 신사인 사람을 훨씬 더 좋아하는 사람이에요.' '훨씬 더'라는 말 을 빼먹으면 안 된다. 너, 그 말을 하면서 그 사람을 친한 척 이 렇게 꼬집어야 한다."

그러면서 그는 이번에는 정말 아플 정도로 심하게 나를 꼬집 었다. 벤 건이 횡설수설하는 것을 보고 나는 그가 정신이 약간 이상하다고 생각했다. 내가 그에게 말했다.

"그런데요, 아저씨. 저는 아저씨가 하는 말을 하나도 못 알아 듣겠어요. 하지만 그건 별로 중요하지 않아요. 배에 어떻게 오 르느냐가 문제거든요."

"그래, 하긴 그래. 음, 내게 보트가 있어. 내가 직접 만든 거 야. 하얀 바위 뒤에 숨겨 놓았지. 어두워지면 한번 시도해보자 고. 어, 그런데 이게 무슨 소리야?"

바로 그때 우레와 같은 대포 소리가 섬 전체에 메아리가 되어 울려 퍼졌다.

내가 그에게 소리를 질렀다.

"싸움이 시작된 거예요. 어서 나를 따라 오세요."

나는 두려움을 까맣게 잊은 채 배가 정박한 곳을 향해 달리기 시작했다. 그 버림받은 사나이는 내 옆에서 가볍게 함께 달렸다. 그는 달리면서 염소가 이제 멀리 도망가서 잡기 어렵다는 둥, 멀리 언덕을 가리키며 저곳에서 예배를 드렸다는 둥 계속 횡설수설했다.

대포 소리에 이어, 꽤 시간이 흐른 후에 이번에는 소총 소리들이 들렸다. 이어서 모든 소리가 멈췄다. 그리고 내 앞 500미터도 되지 않는 숲 위로 영국 국기가 나부끼는 것이 보였다.

제4부　작은 보루

제1장 의사 선생의 이야기 : 배를 버리다

보트 두 척이 히스파니올라호를 떠난 것은 오후 1시 반경이
었다. 스몰렛 선장과 나, 그리고 트렐로니는 선실에서 대책을
논의하고 있었다. 만약 바람이 한 점이라도 불었다면 우리는
선상에 남은 여섯 명의 반란자들을 해치우고 바다로 나갔을 것
이다. 하지만 바람 한 점 없는 날씨여서 배를 움직이는 게 불가
능했다.

그때, 헌터가 우리에게 오더니 짐 호킨스가 보트로 뛰어내리
더니 놈들과 함께 섬으로 갔다고 말했다. 우리는 그 아이를 의
심할 리 없었다. 다만 그 아이의 안위가 걱정되었을 뿐이다. 우
리는 모두 갑판 위로 뛰어 올라갔다. 여섯 명의 반란자들은 앞
쪽 갑판에 앉아 뭔가 투덜거리고 있었다. 섬 쪽을 바라보니 두

대의 보트가 정박해 있는 것이 보였다. 배마다 각각 한 명씩 앉아 있었다.

아무것도 안 하고 무작정 기다릴 수는 없었다. 헌터와 나는 일단 섬으로 상륙해서 일이 어떻게 돌아가는지 알아보기로 했다. 우리는 지도에 나와 있는 작은 보루를 향해 곧장 보트를 몰았다. 망을 보던 두 놈은 우리를 보자 당황하는 눈치였다. 둘은 어떻게 해야 좋을지 의논하는 모양이었다. 놈들이 실버에게 달려가 상황을 보고한다면 낭패일 수도 있었다. 하지만 놈들은 그곳을 지키고 있으라는 명령을 받았는지 아무런 행동도 하지 않았다.

우리는 무사히 해안에 닿아 작은 보루를 향해 열심히 달렸다. 약 100미터쯤 달리자 보루가 나타났다. 말뚝 울타리가 쳐진 보루였다. 작은 언덕 꼭대기 부분에 맑은 샘물이 솟고 있었고, 그 언덕 위에 튼튼한 통나무집이 세워져 있었다. 급한 경우 마흔 명 정도가 들어갈 수 있을 정도의 공간이 있었으며, 사방 벽에는 사격을 할 수 있도록 총안이 뚫려 있었다. 울타리가 튼튼해서 어지간한 힘으로는 무너뜨리기 어려울 정도였으며, 더욱이 사방이 트여 있어 공격자들이 몸을 숨길 곳이 없었다.

우리가 보루를 살펴보며 흡족해하고 있을 때였다. 누군가가 죽어가면서 지르는 비명 소리가 우리들이 있는 곳까지 들려왔다. 고요한 섬 전체에 울려 퍼질 정도였고 배에서도 그 비명 소리가 들렸음이 틀림없었다. 내게는 짐 호킨스가 죽은 게 아닌가 하는 불안한 생각이 들었다.

조금도 시간을 지체할 수 없었다. 나는 즉시 헌터와 함께 다시 배로 돌아왔다. 배에 있던 사람들은 모두 동요하고 있었다. 그 비명 소리를 들은 것이었다. 특히 트렐로니는 자기가 이런 재난을 가져온 장본인이라며 얼굴이 하얗게 질린 채 자책하고 있었다. 착한 사람! 그런데 여섯 명 남은 악당 가운데 한 명이 트렐로니와 다를 바 없는 낯빛을 하고 있었다. 스몰렛 선장이 손가락으로 그를 가리키며 나지막이 말했다.

"저자는 이런 험한 일을 처음 겪는 게 틀림없습니다. 비명 소리를 듣더니 기절할 지경이더군요. 한 번만 더 충격을 주면 우리 쪽으로 넘어올 수도 있을 것 같습니다."

나는 선장에게 내 계획을 말해주었다. 그런 후 우리는 세부 사항을 의논했다. 레드루스 할아범은 장전된 머스킷 총 서너 자루를 들고 선실과 앞쪽 갑판 사이에 서서 놈들을 막아서기로 했다. 헌터가 배 뒤쪽 현창 아래로 보트를 몰고 왔고, 거기에 무기들과 식량, 술, 나의 약 상자들을 실었다.

그사이 선장과 트렐로니가 갑판에 남아 있었고 선장이 키잡이를 큰 소리로 불렀다.

"이 총 보이지? 너희 여섯 놈들 얌전히 있거라. 무슨 신호를 보내려는 낌새만 보여도 죽는다."

그들은 매우 당황했으나 어쩔 도리가 없다는 듯 아무 소리도 내지 않았다. 그동안 우리는 보트에 짐을 한껏 실었고, 조이스와 헌터와 함께 보트에 올라 있는 힘껏 노를 저었다.

이윽고 우리는 섬에 상륙해 보루의 통나무집으로 짐을 옮기기 시작했다. 모든 짐을 통나무집으로 옮긴 후 짐을 지키라고 조이스를 그곳에 놔둔 후 다시 히스파니올라호로 돌아왔다. 그런 식으로 우리는 모두 네 차례에 걸쳐 짐을 옮겼다. 그리고 마지막으로 모든 짐을 보트에 실은 후 각자 무기를 챙긴 채 선장만 제외하고 모두 보트에 올랐다.

우리는 선장을 태우기 위해 보트를 히스파니올라호의 고물 근처로 몰았다. 그때 스몰렛 선장이 큰 소리로 외치는 소리가 들렸다.

"너희들, 내 말 들리는가?"

배 앞부분에서는 아무 소리도 들리지 않았다. 그러자 선장이 다시 외쳤다.

"에이브러햄 그레이, 네게 하는 말이다!"

여전히 아무 대답이 없었다.

"그레이! 나는 이제 이 배를 떠난다. 네게 선장인 나를 따르도록 명령한다. 나는 네가 착한 놈이란 걸 알고 있다. 사실, 너희들 모두 겉보기만큼 나쁜 놈들이 아니라는 것도 나는 잘 알고 있다."

잠시 후 갑자기 고함이 일고, 치고받는 소리가 나더니 에이브러햄 그레이가 한쪽 뺨에 칼자국이 난 채 뒤로 뛰어왔다. 마치 주인의 휘파람 소리를 듣고 달려오는 개 같았다.

그가 선장에게 말했다.

"선장님, 선장님과 함께 가겠습니다."

선장과 그레이는 곧장 보트로 뛰어 내렸다. 우리는 보트를 배에서 밀어낸 다음 섬을 향해 노를 저었다.

사실 이번 마지막 이동은 이전 네 번 이동보다 여러 가지로 힘들었다. 우선 작은 보트에 짐을 너무 많이 실은 데다, 어른이 다섯 명이었다. 그것만으로도 정량 초과였다. 그런데 그 외에도 화약과 돼지고기, 빵 자루가 있었다. 고물 쪽 뱃전은 금세라도 물에 잠길 것 같았다.

게다가 막 썰물이 시작되고 있었다. 물결 자체도 위험했지만 그 물결이 우리를 상륙 장소로부터 멀어지게 한다는 점이 문제였다. 다행히 물결이 조금 약해져서 악전고투를 하며 배는 겨우 상륙 지점으로 느리게 다가가고 있었다.

그때였다. 선장이 뭔가 놀란 듯한 목소리로 외쳤다.

"대포!"

그렇다. 우리는 모두 대포를 까맣게 잊고 있었던 것이다. 배를 바라보니 다섯 명의 악당들이 대포 주변에 몰려 있었다. 우리는 겁에 질릴 수밖에 없었다.

"이스라엘은 플린트 선장 배의 포수(砲手)였습니다." 그레이의 쉰 목소리였다.

히스파니올라호에서는 우리 보트의 뱃전이 훤히 내다보였다. 그리고 이스라엘 핸즈가 갑판에 둥근 포탄을 내려놓는 모습이 보였다.

"누가 총을 제일 잘 쏩니까?" 스몰렛 선장이 물었다.

"트렐로니 씨입니다. 명사수입니다." 내가 대답했다.

그러자 선장이 트렐로니에게 말했다.

"트렐로니 씨, 저들 중 한 놈을 맞혀 주시겠습니까? 저 핸즈라면 더욱 좋겠습니다."

트렐로니는 침착하기 그지없는 태도로 총에 화약을 장전했다. 그 순간 놈들은 포를 돌리고 있었고, 핸즈는 꽂을대를 들고 포구(砲口) 옆에 있었기에 몸이 가장 많이 노출되어 있었다. 하지만 우리에게는 운이 없었다. 트렐로니가 조준을 해서 총을 발사한 순간, 우연히 핸즈가 몸을 숙였고, 총알은 그의 머리 위를 지나가 다른 네 명 가운데 한 명을 맞춘 것이다. 총을 맞은 자는 비명을 지르며 그 자리에 쓰러졌다.

놈이 비명을 지르자 배 위에 있던 놈들도 덩달아 비명을 질렀다. 우리는 잠시 시간을 번 셈이었다. 그런데 왁자지껄하는 소리가 배 쪽이 아니라 해안 쪽에서도 들려왔다. 고개를 돌려 그쪽을 바라보니 해적들이 숲에서 몰려나와 보트로 달려가는 모습이 보였다.

"선장님, 저걸 보세요. 놈들이 우리 쪽으로 올 기셉니다." 내가 외쳤다.

"자, 빨리 노를 저으십시오. 뭍에 도착하지 못하면 끝장입니다."

다행히 우리를 향해 오는 놈들의 보트를 썰물이 막아주고 있었다. 우리는 힘껏 노를 저은 결과 상륙 지점을 코앞에 둘 수 있었다. 그때였다. 대포 소리가 울렸다. 짐 호킨스가 들은 첫 번째 대포 소리가 바로 그 소리였다. 포탄은 우리 머리 위를 지나가 보트 바로 앞에 떨어졌다. 그 바람에 보트가 서서히 물에 가라앉았고 애써 실었던 짐도 모두 물에 가라앉고 말았다. 더욱 심각한 것은 총 다섯 자루 가운데 나와 선장이 지니고 있던 두 자루만 무사할 뿐 나머지 세 자루가 모두 보트와 함께 가라앉은 것이라는 사실이었다.

다행히 걸어서 해안까지 갈 수 있을 정도로 물이 얕았다. 우리는 우리들의 식량과 화약의 절반 정도를 내버려둔 채, 요새를 향해 부지런히 발걸음을 옮겼다.

제2장 의사 선생의 이야기(계속) : 첫 전투

우리가 열심히 요새를 향해 숲을 가로질러 갈 때 해적들의 목소리가 가까이에서 들려왔다. 이러다가는 놈들과 한판 붙게 될 수도 있겠다는 생각에 나는 총의 화약을 점검하며 선장에게 말했다.

"선장님, 트렐로니 씨가 우리들 중 가장 명사수입니다. 선장님 총을 그에게 주십시오. 그의 총은 못쓰게 되어버렸습니다."

선장이 트렐로니에게 총을 건네주자 나는 그레이에게 단검을 건네주었다. 그레이는 손에 침을 탁 뱉더니 단검을 잡아 쉭 쉭 소리가 나도록 허공에 대고 휘둘렀다. 그저 예의 바른 인물일 뿐 싸움에는 별 도움이 되지 못하리라고 생각하고 있었는데, 한몫할 수도 있다는 생각에 든든했다.

부지런히 발걸음을 옮기자 숲 가장자리에 이르렀고 드디어 우리의 보루가 눈앞에 보였다. 우리는 울타리 남쪽 중간쯤에 나 있는 출입구를 통해 안으로 들어갔다. 순간 조타수 조브 앤더슨을 앞세우고 반란자 일곱 명이 남서쪽 모퉁이에서 왁자지껄 떠들며 나타났다.

놈들은 우리를 보자 놀란 듯 멈칫했다. 놈들이 미처 정신을 차리기 전에 나와 트렐로니, 그리고 그곳에서 우리를 기다리고 있던 헌터와 조이스가 총을 발사했다. 무턱대고 쏜 총이었지만 그래도 효과가 있었다. 놈들 중 한 명이 쓰러졌고, 나머지는 황급히 숲속으로 도망을 가버린 것이었다.

총알을 다시 장전한 뒤 우리는 쓰러져 있는 자 곁으로 갔다. 총알이 가슴을 관통해 그대로 숨이 끊어져 있었다. 우리가 성공에 취해 기뻐하고 있을 때 숲속에서 총소리가 나더니 총알이 내 귀를 스쳐지나갔다. 그런데 아뿔싸! 그 총알이 그만 레드루스를 맞춘 것이다. 레드루스가 비틀거리더니 그대로 땅에 쓰러졌다. 트렐로니와 내가 숲을 향해 응사했지만 놈들은 보이지 않았고 아까운 총알만 낭비한 꼴이 되고 말았다. 우리는 총알을 다시 장전하고 가엾은 레드루스를 살펴보았다.

한눈에도 치명상임을 알 수 있었다. 우리는 할아범을 들어서 안으로 옮겼다. 놈들은 우리들의 응사에 다시 흩어졌는지 아무런 반응이 없었다.

이 가엾은 할아범은 우리와 함께 하고 난 이후, 단 한 번도 놀라거나, 불평한 적도 없었고 두려움을 드러낸 적도 없었다. 그는 그 어떤 명령에도 군소리 없이 충실하게 따랐다. 우리들보다 스무 살은 더 먹은 노인이 묵묵히 제 임무를 다하다가 이렇게 죽어가고 있는 것이다.

트렐로니는 그 옆에 무릎을 꿇고 앉아 그의 손에 입을 맞추며 어린아이처럼 눈물을 흘리고 있었다.

"의사 선생님, 이제 저는 죽는 겁니까?" 노인의 말이었다.

"톰, 당신은 저 하늘의 고향으로 돌아가는 거요."

"그 전에 놈들에게 총알을 한 방 먹였어야 하는데……."

드디어 트렐로니가 울음을 참으며 입을 열었다.

"오, 톰! 날 용서한다고 말해주게."

"제가 주인님을 용서한다고요? 그게 말이나 되는 소립니까? 하지만 정 원하신다면 그랬다고 생각하십시오. 아멘!"

잠시 후 그는 말없이 숨을 거두었다.

그사이 선장은 자신의 호주머니에 들어 있던 온갖 물건들을 꺼내놓았다. 그의 호주머니는 마치 잡화상과도 같았다. 그가 꺼낸 것들은 영국 국기, 성경, 튼튼한 밧줄, 펜, 잉크, 일지, 담배 몇 파운드 등이었다.

이어서 선장은 울타리 안에 쓰러져 있던 전나무를 통나무집 모퉁이에 기둥처럼 세운 후, 지붕으로 올라가 그 꼭대기에 영국 국기를 달았다. 그런 후 톰의 시신 앞으로 와서 그를 커다란 국기로 덮어주었다.

그 일을 마친 후 그가 나를 구석으로 데려가더니 물었다.

"리브지 선생님, 몇 주가 지나야 구조선이 올 것 같습니까?"

나는 몇 주 정도가 아니라 몇 달이 걸릴지도 모른다고 대답했다. 우리가 8월 말까지 돌아가지 않아야 브랜들리가 구조대를 보낼 예정이었으니 당연한 일이었다. 그러자 그가 아쉬운 듯 말했다.

"아무리 계산해도 식량이 턱없이 부족하겠군요. 화약과 총알은 충분하지만……."

바로 그때였다. 포탄이 공기를 가르는 소리가 나더니 통나무집 위를 날아가 멀리 숲에 떨어졌다. 그러자 선장이 느긋하게 말했다.

"얼마든지 쏴봐라, 놈들아. 그러다가 곧 포탄이 바닥날 거다."

순간 두 번째 포탄이 울타리 안에 떨어졌다. 하지만 먼지만 일었을 뿐 별다른 피해는 없었다.

트렐로니가 선장에게 말했다.

"선장, 배에서 이 요새는 전혀 보이지 않소. 분명 깃발을 겨냥하고 쏘는 걸 거요. 깃발을 내려야 하지 않겠소?"

"깃발을 내린다고요! 안 됩니다. 절대로 안 돼요!" 선장이 소리쳤다.

그러자 우리는 모두 선장과 한마음이 되었다. 그건 뱃사람다운 패기를 보여주는 것 이상이었다. 그건 우리가 놈들의 포격 따위는 결코 두려워하지 않는다는 것을 보여주는 아주 좋은 전략이기도 했다.

놈들은 저녁 내내 포격을 해댔다. 선장의 말대로 놈들은 포탄만 낭비할 뿐이었다. 딱 한 번 포탄이 지붕을 뚫고 떨어져 마루에 처박히는 일이 있었지만, 우리는 모두 눈 하나 깜빡하지 않았다.

그런 가운데도 선장은 앉아서 일지를 썼다. 그가 내게도 보여주었기에 그 내용을 그대로 옮기면 다음과 같다.

선장 알렉산더 스몰렛, 의사 데이비드 리브지, 목수 선원

에이브러햄 그레이, 선주 존 트렐로니, 선주의 하인 존 헌
터와 리차드 조이스, 이상이 우리 편 전부임. 열흘을 버티
기에도 빠듯한 식량과 함께 오늘 보물섬에 상륙함. 통나
무집에 영국 국기를 달았음. 선주의 하인 톰 레드루스, 반
란자들의 총탄에 맞아 사망. 선실 사환 짐 호킨스는…….

내가 이 대목을 읽는 순간, 누군가 우리를 부르는 외침이 들
렸다.

"의사 선생님, 대지주님! 헌터!"

문으로 달려가보니 짐 호킨스가 건강한 모습으로 울타리를
넘어 오고 있었다.

제3장 다시 짐 호킨스의 이야기 : 요새 안의 수비대

요새에서 깃발이 펄럭이는 것을 보자 벤 건이 그 자리에 멈추더니 내 팔을 잡고 주저앉았다.

"저기엔 분명 네 친구들이 있다."

"반란자들일 걸요."

"자, 봐. 실버라면 해적들 깃발을 꽂았을 거야. 네 친구들이야. 싸움도 벌어진 거야. 저건 오래전에 플린트가 만든 요새야."

"좋아요. 그렇다면 우리 빨리 저리로 가서 친구들을 만나야겠네요."

"안 돼, 친구. 럼주를 준다 해도 난 저기 갈 수 없어. 네가 말한 신사를 네가 미리 만나서 명예를 건 약속을 받아내기 전엔 안 가. 너 잊으면 안 된다. '벤 건 아저씨는 착한 사람이에요. 아저씨는 대부분의 시간을 다른 일을 하면서 보냈어요'라고 말하는 거. 그 말 하면서 그 사람을 꼬집는 거 잊지 마(그러면서 그는 나를 정말로 아프게 꼬집었다).

벤 건이 필요하다면 어디로 와야 하는지 너는 알지? 짐, 오늘 우리가 만난 곳이야. 손에는 꼭 뭔가 하얀 걸 들고 있어야 돼. 그리고 혼자 와야 해. 그리고 이 말도 해야 해. '벤 건, 당신의 말이 옳아요'라고."

내가 대답했다.

"좋아요. 무슨 말인지 알 것 같아요. 아저씨가 뭔가 할 말이 있어서 대지주나 의사 선생님을 만나고 싶다는 거지요? 그리고 오늘 만난 곳에 가면 아저씨를 만날 수 있다, 그게 다지요?"

"근데 언제 만날 수 있는지 시간을 말해야지. 정오부터 오후 3시 사이로 하자."

"좋아요. 저는 이제 가도 되지요?"

"잊지 마! '벤 건에게 이유가 있다!' 그게 중요한 거야."

그는 불안한 듯 덧붙였다.

바로 그때 요란한 대포 소리가 나서 벤 건의 말이 끊겼다. 이어서 포탄이 날아오더니 우리들로부터 100미터도 안 되는 모래밭에 처박혔다. 순간 우리 둘은 각자의 방향으로 온 힘을 다

해 도망쳤다.

그 뒤 족히 한 시간 정도를 포성이 섬을 뒤흔들었다. 나는 숨었다가 뛰고 뛰었다가 숨기를 반복했다. 포탄들은 꼭 나를 겨냥하는 것만 같았다. 나는 포탄이 가장 많이 떨어지는 요새 쪽으로 가지 못하고 동쪽으로 길게 돌아간 뒤, 숲속을 기어서 해안 쪽으로 내려갔다.

해는 막 지고 있었고, 잔잔한 바닷바람이 불어오고 있었으며 썰물에 넓은 모래사장이 드러나 있었다.

위에서 보니 히스파니올라호는 여전히 같은 곳에 정박해 있었다. 그러나 그 꼭대기에는 해적의 깃발이 나부끼고 있었다. 이어서 마지막 포탄이 불꽃을 일으키며 공기를 갈랐다. 다시 눈을 돌려보니 해적들이 요새 근처 해변에서 도끼로 뭔가를 부수고 있었다. 나중에 안 사실이지만 그것은 의사 선생님 일행들이 타고 온 보트였다.

다시 눈을 돌려보니 내가 앉아 있는 모래톱 가까운 곳의 덤불 사이에, 유난히 눈에 띄는 하얀 바위가 보였다. 나는 벤 건이 보트를 숨겨 놓은 곳이 바로 저곳일지 모른다고 얼핏 생각했다.

포성이 얼마간 들리지 않자, 나는 숲을 빠져 나와 요새 뒤쪽을 통해 요새로 들어갔다. 모두들 나를 열렬히 환영해주었음은 물론이다.

나는 우선 간단하게 내가 겪은 일을 이야기해주었다. 겨우 숨을 돌리고 주변을 둘러보니 예상치 못하던 사람이 있었다. 그레이였다. 그는 반란자들에게서 도망쳐올 때 입은 상처 때문에 얼굴에 붕대를 감고 있었다. 그리고 아직 땅에 묻히지 못한 레드루스 할아버지의 뻣뻣한 몸은 영국 국기에 덮인 채 벽 옆에 누워 있었다.

아무 할 일도 없이 마냥 기다리고만 있었다면 모두 의기소침해 있었을 것이다. 하지만 스몰렛 선장이 있는 이상 그런 걱정은 할 필요가 없었다. 선장은 우리들을 모두 모이라고 한 다음, 보초 근무 조를 짜주었다. 의사 선생님과 그레이와 내가 한 조가 되었고, 트렐로니 대지주와 헌터, 조이스가 다른 한 조가 되었다. 모두들 지쳐 있었지만 선장은 두 명을 땔감을 구해오라고 밖으로 내보냈고, 다른 두 명은 레드루스를 묻을 무덤을 파게 했다. 의사 선생님은 요리를 맡게 되었고, 나는 출입구 보초를 맡았다. 선장은 이곳저곳을 오가며 사람들을 격려했고, 일손이 부족한 곳에서는 직접 도와주기도 했다.

의사 선생님은 가끔 문간으로 와서 연기에 피곤해진 눈을 쉬곤 했다. 그는 문간으로 올 때마다 내게 말을 걸었다.

"저 스몰렛 선장 말이다. 나보다 훨씬 훌륭한 사람이야. 내가 이런 말을 할 정도면 정말 대단한 사람이다."

그러더니 그가 다시 내게 물었다.

"그 벤 건이라는 사람, 믿을 만한 사람이니?"

"모르겠어요, 선생님. 제정신인지 아닌지 잘 모르겠어요."

"그래? 네게 그런 생각이 드는 걸 보면 정상일 거다. 무인도에서 3년 동안 손톱이나 깨물며 살아왔다면 지금의 너나 나처럼 정상으로 보이지 않는 건 당연하지. 사람 본성이란 게 다 그런 거란다. 그런데 그가 정말로 치즈를 그렇게 먹고 싶어 했니?"

"네, 선생님. 치즈예요, 치즈."

"그래? 사실은 나도 입맛이 무척 까다로운데, 그게 도움이 되는구나. 짐, 너 내 코담배 상자 본 적이 있지? 그런데 내가 그걸 여는 걸 본 적은 없을 거다. 사실은 그 안에 파르마산 치즈가 들어 있거든. 아주 고급 이탈리아 치즈지. 그걸 벤 건에게 주는 거다!"

톰 할아버지를 묻은 후 우리는 다시 모여 회의를 했다. 문제는 역시 식량이었다. 구조대가 올 때까지 기다리다가는 모두 굶주림에 지쳐 항복할 판이었다. 선장은 되도록 많은 수의 해적들을 죽여, 그들을 모두 사로잡거나 항복하게 만드는 것이 최선이라고 말했다. 혹은 그들이 히스파니올라호를 몰고 도망가도록 만드는 것도 차선책이라고 말했다. 열아홉이었던 해적들은 이제 열다섯으로 줄었고, 그중 최소한 두 명은 부상을 입었다. 게다가 우리에게는 든든한 두 원군이 있었다. 바로 럼주와 날씨였다.

럼주가 우리의 원군이라니? 바로 럼주가 우리를 대신해서 놈들을 공격하고 있었던 것이다. 놈들과 우리 사이에는 거의 1킬로미터 정도 거리가 있었지만 해적들이 밤새 술을 마시며 고함치고 노래 부르는 소리가 우리에게까지 들려왔다.

또한 의사 선생님 말로는 날씨도 우리 편이었다. 해적들이 의약품도 없는 상황에서 늪지대에서 야영을 한다면 일주일도 못 가서 놈들 중 태반이 쓰러지고 말 거라고, 의사 선생님은 자기 가발을 걸고 장담했다.

"그렇게 되면, 우리가 모두 총에 맞아 죽지 않는 한, 놈들은 제 발로 배로 돌아갈 겁니다. 그리고 도망갈 채비를 할 겁니다. 배만 있으면 또 해적질을 할 수 있으니까요."

그러자 스몰렛 선장이 한숨을 쉬면서 말했다.

"나는 배를 잃어버린 적이 없었는데……."

나는 피곤해서 죽을 지경이었다. 나는 일단 잠자리에 들자, 마치 나무토막처럼 깊이 잠에 빠져들었다.

내가 사람들 목소리에 잠에서 깨어보니 모두들 이미 아침 식사를 마친 뒤였고 장작은 어제보다 훨씬 높이 쌓여 있었다. 내가 잠든 이후에도 모두들 잠을 자지 않고 일을 한 것이 분명했다.

그때였다. 누군가가 "흰 깃발이다!"라고 소리쳤다. 이어서 놀란 목소리가 들렸다.

"실버가 직접 오고 있다!"

그 소리에 나는 자리에서 벌떡 일어나 두 눈을 비비며, 총안을 향해 달려갔다.

제4장 실버 사절단

과연 바깥 방책 앞에 두 명이 서 있었다. 그중 한 명이 하얀 천 조각을 흔들고 있었고, 실버 자신은 그 옆에 침착한 모습으로 서 있었다.

아직 이른 시각이었고 날씨는 꽤 추웠다. 실버와 그의 부하가 서 있는 곳은 아직 반쯤 어둠에 묻혀 있었다. 그들을 보고 선장이 말했다.

"모두들 안에 그대로 계세요. 십중팔구 이건 계략입니다."

그런 후 그가 밖을 향해 소리쳤다.

"멈춰라! 그러지 않으면 쏘겠다. 그따위 하얀 깃발로 뭘 어쩌겠다는 거냐!"

그러자 깃발을 들고 있던 자가 외쳤다.

"여긴 실버 선장님이오. 당신들에게 제안할 게 있어서 왔소."

"실버 선장? 그런 사람 모른다. 그게 도대체 누구냐?"

이어서 선장이 혼자 중얼거리는 소리가 들렸다.

"선장? 제 맘대로 승진하셨군."

롱 존이 선장의 말에 직접 대답했다.

"접니다, 선장님! 선장님께 버림받은 이 가엾은 놈들이 저를 선장으로 뽑았습니다(그는 '버림받은'이라는 단어에 힘을 주었다). 스몰렛 선장님, 제가 원하는 건 단 한 가지뿐입니다. 나중에 제가 이곳 요새에서 무사히 방책 밖으로 나가게 해달라는 것, 우리가 사정거리 밖으로 나갈 때까지 딱 1분간 사격을 하지 말아달라는 것뿐입니다."

"이봐, 난 자네와 이야기를 나누고 싶은 마음이 추호도 없어. 내게 할 말이 있으면 그냥 이리로 오면 돼. 약속을 어길까봐 걱정하는 거야? 그건 자네 전공 아닌가?"

그러자 실버가 쾌활하게 대답했다.

"선장님, 그 정도면 충분합니다. 선장님의 그 한 마디로 충분하지요. 나는 신사쯤은 알아볼 수 있습니다. 암요, 그렇고말고요."

우리들 눈에 깃발 든 자가 실버를 말리는 모습이 보였다. 스몰렛 선장의 매몰찬 대답을 들었으니 그러는 것이 당연했다.

하지만 실버는 호탕하게 웃음을 터뜨리더니 부하의 등을 툭툭 건드렸다. 그런 후 그는 방책 가까이 와서 목발을 그 위에 올려놓더니 한쪽 다리를 높이 쳐들고 아주 능숙하게 울타리를 뛰어넘었다.

실버가 언덕을 올라와 통나무집 앞까지 오자 선장이 그에게 말했다.

"왔군. 어쨌건 앉게."

"안으로는 들여보내지 않으실 생각이십니까? 날이 이렇게 차가운데……."

"어허! 실버, 자네가 정직한 사람으로 있었다면 자네는 지금 따뜻한 취사실에 앉아 있었을 거야. 모두 자네가 자초한 일이지. 내 배의 요리사가 되어 편하게 지내거나, 반란자들의 두목이 되어 선장 소리를 듣다가 교수형을 당하거나, 다 자네가 택한 일이야."

"알았어요, 알았어."

그는 그대로 모래 바닥에 앉았다.

"이따가 일어날 때 도와주기나 하십시오. 아주 멋진 곳에 계시는군요. 가만, 저기 짐도 있군. 헤이, 짐! 잘 지내겠지? 의사 선생님, 안녕하신지요?"

"어물거리지 말고 할 말이 있으면 어서 해." 스몰렛 선장이 재촉했다.

"좋습니다. 어젯밤에 아주 멋진 일을 하셨더군요. 그래요, 아주 멋졌어요. 당신들 가운데 꼬챙이를 아주 잘 다루는 친구가 있더군요. 그래요, 우리들 가운데 겁먹은 친구들이 있었던 것도 사실입니다. 내가 이곳에 협상하러 온 것도 그 때문일지도 모릅니다. 하지만 다시는 그런 일은 없을 겁니다. 우리는 보초를 설 것이고 럼주도 줄일 겁니다. 제가 1초만 더 일찍 눈을 떴더라도 당신들을 모두 잡을 수 있었을 것입니다. 제가 그 친구 곁에 갔을 때 그 친구는 아직 죽지 않았어요. 그래요, 아직 죽지 않았다고요."

"그래서?"

선장이 싸늘한 표정으로 침착하게 말했다.

실버가 방금 한 말이 무슨 말인지 선장은 아마 한 마디도 알아듣지 못했을 것이다. 하지만 그의 표정이나 말투에서는 그런 기색을 조금도 찾을 수 없었다. 하지만 나는 무슨 일이 있었는지 알아차릴 수 있었다.

그렇다. 틀림없이 벤 건이었다. 해적들이 모두 술에 곯아 떨어져 있을 때, 벤 건이 그들에게 잠시 다녀간 게 틀림없었다. 나는 우리가 상대해야 할 적이 이제 열네 명으로 줄었다는 사실을 알고 기뻤다.

실버가 말을 이었다.

"자, 단도직입적으로 말하지요. 우리가 원하는 건 보물입니다. 그게 우리들 목표입니다. 내 생각에 당신들은 당신들 목숨을 구하는 게 목표인 걸로 압니다. 우리들 서로 목표만 이루면 되는 거 아니겠습니까? 당신들에게는 지도가 있지요? 그렇지 않나요? 자, 우리가 보물을 찾을 수 있도록 지도를 주시지요. 그리고 불쌍한 뱃놈들에게 총질을 하거나 잠자는 동안에 머리에 구멍 내는 짓은 그만두시고…….

자, 여러분들에게 선택권을 주겠습니다. 보물을 배에 실은 뒤, 우리와 함께 배를 타고 떠날 수 있습니다. 명예를 걸고 말하는데, 여러분들을 안전한 곳에 내려드리겠습니다. 그게 싫다면 이 섬에 머물러 있어도 좋습니다. 식량을 충분히 나누어주고 제가 만나는 첫 번째 배가 당신들을 구하러 오게 하겠습니다. 자, 이곳에 계신 분들 모두 다 들으셨지요? 모두에게 드리는 제안입니다."

스몰렛 선장이 자리에서 일어나더니 파이프 재를 왼쪽 손바닥에 털어내며 말했다.

"그게 다인가?"

"제 마지막 제안입니다. 이 제안을 거절한다면, 총알밖에는 보내드릴 게 없네요."

"좋아. 그렇다면 이번에는 내 이야기를 들을 순서로군. 모두, 무기들을 버리고 이리로 오도록 하게. 모조리 쇠고랑을 채워 영국 법정에 세워 공정한 재판을 받게 해주지. 그게 싫다면 이 알렉산더 스몰렛의 손에 모두 물귀신이 되는 수밖에 없어. 자네들은 보물을 찾을 수 없어. 지도가 없거든. 그렇다고 저 배를 몰고 도망갈 수도 없어. 배를 몰 줄 아는 놈이 하나도 없거든. 싸움도 우리와는 상대가 안 돼. 저 그레이를 봐. 혼자서 자네들 다섯을 물리치고 이리로 왔잖아. 자, 실버! 자네 발에는 이제 족쇄가 채워진 거야. 만일 모두 항복할 마음이 없다면, 내가 마지막 말을 해주지. 맹세코, 다음에 자네를 만나게 되면 자네 등짝에 총알을 박아주겠네. 우선 여기서 나가줘야겠어. 서두르는 게 좋을걸. 우리 동료들이 언제 화를 낼지 모르니까."

선장이 말을 하는 동안 실버의 표정은 정말 가관이었다. 분노로 눈알이 튀어나올 것만 같았다.

"좀 일으켜주시오." 실버가 선장에게 말했다.

"난 싫은데." 선장이 냉정하게 말했다.

아무도 실버를 일으키려 밖으로 나가지 않았다. 그는 현관문을 잡고 가까스로 일어나더니, 우리들을 향해 각오하라는 말을 던진 후, 부하와 함께 모습을 감추었다.

제5장 공격

통나무집 안으로 들어온 선장은 그레이를 제외하고는 아무도 제자리에서 임무를 지키고 있지 않은 것을 보고 불같이 화를 냈다. 우리는 모두 실버와 선장의 대화를 듣느라 임무를 잊고 있었던 것이다. 선장이 화내는 모습을 본 것은 그때가 처음이었다.

"모두 자기 위치로!" 선장이 큰 소리로 외쳤다.

우리는 모두 자기 위치로 돌아갔다. 트렐로니 씨와 의사 선생님도 무안해서 얼굴이 빨개졌을 뿐 그의 말에 복종했다. 모두 자기 자리를 잡는 것을 보고 선장이 말했다.

"여러분, 제가 실버에게 모욕을 준 걸 보셨지요? 일부러 그런 겁니다. 한 시간 내로 놈들이 공격을 해올 겁니다. 우리가 수

적으로 열세인 것은 사실입니다. 하지만 우리에게는 은신처가 있습니다. 우리가 일치단결한다면 놈들을 물리칠 수 있을 것입니다."

이어서 그는 넓은 통나무집을 여기저기 돌아다니며 모든 준비가 잘되어 가는지 점검했다. 우리는 모두 일곱 명이었으며 소총은 스무 자루였다. 그리고 각 벽 중간에는 땔감이 한 무더기씩 쌓여 있었다. 우리는 그 무더기를 탁자로 이용해, 그 위에 탄약과 장전한 소총을 네 자루씩 올려놓았다. 그리고 장작더미 한가운데에는 단검들을 늘어놓았다.

모두 돌아보고 난 뒤, 선장이 다시 말했다.

"리브지 선생님, 선생님은 문을 맡으십시오. 밖을 잘 살피되 몸은 드러내지 마십시오. 안쪽에 숨어서 총을 쏘아야 합니다. 헌터, 자네는 동쪽을 맡게. 조이스는 서쪽을 맡고. 트렐로니 씨는 명사수시니까, 그레이와 함께 총안이 다섯 개가 있는 저 북쪽 면을 맡아주십시오. 그쪽이 제일 위험합니다. 호킨스, 너는 나랑 마찬가지로 총 쏘는 데는 소질이 없으니 옆에서 총을 장전하고, 급한 사람들을 돕도록 하자."

태양이 떠오르자 안개도 사라지고 모래가 달아올랐으며 통나무집 안의 송진이 녹아내렸다. 우리는 그렇게 더위와 불안감

속에서 각자 위치를 지키며 서 있었다. 그렇게 긴장 속에서 한 시간이 흘렀다.

갑자기 조이스가 뭔가를 겨냥하더니 방아쇠를 당겼다. 그 총소리가 채 사라지기도 전에 총알이 울타리 밖 사방에서 날아오기 시작했다. 몇 발이 통나무집을 맞췄지만 집 안까지 날아 들어온 총알은 없었다. 연기가 걷히자 다시 주변의 모습이 드러났다. 방책 주변을 비롯해 사위가 고요했다. 적들이 어디 있는지 도무지 알 수 없었다.

선장이 조이스에게 물었다.

"겨냥했던 자를 맞췄나?"

"아니요. 못 맞춘 것 같습니다."

"리브지 선생님, 선생님 쪽에는 몇 명이나 있는 것 같습니까?"

"정확히 말할 수 있소. 모두 셋이오. 세 군데서 섬광이 번쩍이는 걸 볼 수 있었소."

"트렐로니 씨, 거긴 몇 명인가요?"

하지만 그쪽은 정확하지 않았다. 대지주의 말에 의하면 일곱 발이었고, 그레이의 계산으로는 한두 발이 더 많았다. 동쪽과 서쪽에서 날아온 총알은 각각 한 발씩이었다. 어쨌든 집중 공격 방향은 북쪽이라는 게 확실해졌다.

하지만 스몰렛 선장은 인원 배치를 바꾸지 않았다. 놈들이 울타리를 넘는 데 성공한다면, 무방비 상태인 총안을 차지하고 안쪽으로 총을 쏘아댈 것이라고 그는 설명했다. 게다가 인원을 재배치하고 뭐하고 할 짬도 없었다. 함성과 함께 해적 무리 몇 명이 북쪽 숲에서 뛰쳐나오더니 울타리를 향해 달려온 것이다. 그와 동시에 숲에서 일제 사격이 시작되었고, 총알 하나가 문을 통해 안으로 날아들어 의사 선생님 소총을 산산조각 냈다.

트렐로니 씨와 그레이는 울타리를 넘으려는 해적들을 향해 총을 계속 쏘아댔다. 세 명이 쓰러졌는데, 한 명은 울타리 안으로였고 둘은 울타리 밖으로였다. 하지만 한 놈은 총알을 맞은 게 아니라 놀라서 쓰러진 모양이었다. 놈은 재빨리 일어나더니 숲을 향해 냅다 줄행랑을 쳤던 것이다.

하지만 나머지 네 명은 울타리를 넘는 데 성공했다. 그사이 숲에 있는 놈들은 부지런히 엄호 사격을 했다. 네 놈은 소리를 지르며 일제히 통나무집을 향해 달려왔다. 우리 쪽에서 총을 몇 발 쏘았지만 한 놈도 맞추지 못했다. 놈들은 순식간에 언덕을 올라와 우리들 가까이 왔다.

총안을 통해 내다보니 갑판장인 조브 앤더슨의 머리가 보였다. 그는 우레 같은 목소리로 "공격! 총공격!"이라고 외치고 있었다.

순간 해적 한 명이 총안 밖으로 나와 있던 헌터의 소총을 움켜잡고 잡아 빼더니 그 총으로 헌터를 내리쳤다. 가엾게도 헌터는 그 한 방에 그만 정신을 잃고 말았다. 또한 한 명의 해적이 집을 한 바퀴 빙 돌더니 현관 쪽으로 나타나 의사 선생님을 공격했다. 우리는 이제까지는 몸을 숨긴 채 적들을 방어했지만 이제는 완전히 노출되어 있었기에 쉽사리 반격을 할 수가 없었다. 통나무집 안에 온통 고함 소리, 권총이 내뿜는 섬광과 총성, 신음 소리로 가득 찼다.

그때 선장이 외쳤다.

"밖으로! 모두들 밖으로! 밖에서 싸워! 단검으로!"

나는 장작더미에서 단검을 집어 들었다. 누군가 나처럼 단검을 급히 집어 드는 바람에 내 손바닥을 베었지만 미처 아픔을 느낄 여유조차 없었다. 나는 문을 박차고 뛰쳐나갔다. 내 바로 앞으로는 의사 선생님이 적을 쫓아 언덕을 뛰어 내려가고 있었다. 내 눈길이 적에게 닿는 순간, 의사 선생님이 그자의 얼굴에 칼을 휘둘렀고 놈은 큰대자로 뻗어버렸다.

"집 다른 쪽으로 돌아가! 집을 돌아가라고!" 선장의 외침 소리였다.

나는 선장의 명령에 거의 무의식적으로 동쪽으로 몸을 돌린 후 단검을 치켜들고 집 모퉁이를 돌았다. 순간 갑자기 앤더슨이 내 코앞에 나타났다. 앤더슨이 고함을 지르며 칼을 높이 쳐들었고 햇빛에 칼날이 번쩍였다. 무서워할 겨를이고 뭐고 없었다. 나는 얼른 한쪽으로 폴짝 뛰어 비키려다가 발을 잘못 디뎌 그대로 비탈을 따라 굴러 내려갔다.

내가 그렇게 굴러서 문밖까지 이르렀을 때는 나머지 반역자들이 우르르 울타리를 넘어오려 하고 있던 때였다. 그중 단검을 입에 문 빨간 모자의 사내가 특히 눈에 띄었다. 하지만 순간 놈들은 그대로 그 자리에 멈추고 말았다. 전투가 우리의 승리로 끝난 것을 알았기 때문이었다.

내 뒤를 가까이 따라오던 그레이는 갑판장 앤더슨을 단칼에 쓰러뜨렸다. 다른 한 명은 총에 맞아 땅에 쓰러져 신음하고 있었고, 살아남은 단 한 명만이 도망가려고 울타리를 기어 올라가고 있었던 것이다.

순간 의사 선생님이 외치는 목소리가 들렸다.

"발사! 집 안에 있는 사람들, 발사!"

하지만 아무도 총을 쏘지 않았고 마지막 생존자는 울타리를 넘어 무사히 도망가버렸다.

의사 선생님과 나는 그레이와 함께 다시 통나무집을 향해 달려 올라갔다. 살아남은 해적들의 총질이 곧바로 시작될 수도 있었기 때문이었다.

집 안을 메운 연기가 사라지자 우리가 입은 피해를 확인할 수 있었다. 헌터는 총안 옆에 기절해 쓰러져 있었다. 조이스는 머리에 총을 맞아 꼼짝도 못 하고 있었으며, 트렐로니 씨는 창백한 얼굴로 선장을 부축하고 있었다.

그가 우리에게 말했다.

"선장이 부상당했소."

"놈들이 도망갔습니까?" 선장의 말이었다.

의사 선생님이 선장의 말에 대답했다.

"모두 달아났지요. 하지만 놈들 가운데 다섯은 도망갈 수 없는 처지가 되고 말았지요."

그러자 선장이 외쳤다.

"다섯! 정말 잘되었습니다. 놈들 다섯에 우리 셋이라! 이제 9대 4가 되었군요. 처음보다는 훨씬 나아진 셈입니다."

하지만 선장의 계산은 맞지 않았다. 놈들은 여덟이었다. 트렐로니 씨의 총에 부상을 입은 자가 그날 저녁 죽어버렸기 때문이었다. 하지만 우리들 모두 그 사실을 나중에 알게 되었다.

제5부

바다에서의 나의 모험

제1장 바다에서의 모험의 시작

반란자들은 더 이상 공격해오지 않았다. 우리는 통나무집에서 부상자들을 치료하고 식사를 준비하며 조용한 시간을 보냈다.

전투에서 쓰러진 여덟 명 가운데 세 명은 부상자였다. 총안 (銃眼)에서 총을 맞은 해적, 헌터와 스몰렛 선장이 바로 그들이었다. 그들 중 앞의 두 명은 중상이었다. 결국 해적은 의사 선생님이 수술하는 도중 숨을 거두었으며 헌터도 최선을 다했지만 하루를 더 버티다 하느님의 품으로 돌아갔다.

선장도 부상이 심했지만 위험한 정도는 아니었다. 조브 앤더슨이 날린 총알은 어깨뼈를 부러뜨리고 폐를 스치고 관통했지만 목숨에 지장은 없었다. 의사 선생님은 회복을 장담했지만 앞으로 몇 주 동안 걷지도 말고 팔도 쓰지 말아야 한다고 말했다.

식사를 마친 후 의사 선생님과 트렐로니 씨는 선장 옆에 앉아 의논을 했다. 이야기를 충분히 나누고 나니 정오가 조금 지나 있었다. 의사 선생님은 모자와 권총을 집어 들더니, 단검을 허리에 찬 후 지도를 주머니에 넣고 소총을 어깨에 맨 채 숲속으로 사라졌다.

　　나와 통나무집 구석에 앉아 있던 그레이는 어디론가 사라지는 리브지 선생님을 보고 "아니, 이런 위험한 곳에서 어딜 가시는 거야. 혹 미치신 거 아니야?"라고 말했다.

　　내가 대답했다.

　　"우리 가운데 절대로 미치지 않을 분이 있다면 바로 저분일 걸요. 분명히 벤 건을 만나러 가시는 걸 거예요."

　　나중에 알게 된 사실이지만 내 짐작 그대로였다.

　　그런데 정작 그레이의 말대로 '미친 거 아니야?'라는 소리를 들을 사람은 바로 나였다. 숨이 턱턱 막히는 통나무집 안에 갇히다시피 한 채 선생님이 사라진 쪽을 바라보고 있자니 내게 병이 또 도진 것이다. 선생님의 뒷모습을 바라보며 나는 선생님을 부러워했다. 선생님은 새들이 지저귀고 소나무 향이 가득한 숲속 그늘을 걷고 있는데, 이렇게 석쇠 위처럼 뜨거운 곳, 게다가 온통 피범벅인 데다 시체들만 널려 있는 곳에서 땀이나

뻘뻘 흘리고 있는 자신이 한심하다는 생각이 든 것이다.

나는 청소와 설거지를 마친 후 혼자 빵 자루 옆에 있다가 기어이 일을 저지르고 말았다. 외투 양쪽 주머니에 비스킷을 잔뜩 넣은 후 권총 두 자루를 챙겨서 아무도 모르게 그곳을 나와 버린 것이다.

사실 나는 무작정 통나무집을 나선 것은 아니었다. 내게는 나름대로의 계획이 있었다. 어제 잠깐 눈에 들어왔던 흰 바위가 있는 곳으로 가서, 거기 과연 벤 건이 만든 보트가 있는지 확인하려 한 것이었다.

이 행동은 내가 저지른 두 번째 무모한 행동이었다. 어찌 보면 앞서의 행동보다 더 나쁜 행동이었다. 내가 사라지면 통나무집을 지키는 사람 중에 몸이 성한 사람은 그레이와 트렐로니 씨, 둘밖에 없었다. 하지만 나의 이 무모한 행동이 첫 번째와 마찬가지로 우리들의 생명을 구해주는 데 도움이 되었으니…….

나는 곧장 섬의 동쪽 해안 쪽으로 갔다. 해적들에게 모습을 들키지 않으려고 바다 쪽의 모래톱으로 곧장 내려갈 작정이었다. 늦은 오후였지만 머리 위로는 태양이 이글거리고 있었고, 거대한 파도는 우레와 같은 소리를 내며 쉴 새 없이 해안으로 밀려들어왔다. 아마 이 섬에서 파도 소리가 들리지 않는 곳은

한 군데도 없을 것이다.

나는 바위에 부서지는 파도 소리를 바로 옆에서 들으며 아주 가벼운 걸음걸이로 길을 재촉했다. 충분히 남쪽으로 왔다는 생각이 들자 나는 무성한 덤불에 몸을 숨긴 채 조심스레 반도(半島)의 정상을 향해 기어 올라갔다. 내 뒤로는 바다가 있었고 내 앞으로는 해골섬의 정박지가 있었다. 거울같이 잔잔한 정박지 수면 위로 히스파니올라호의 선체 전부가 비치고 있었다. 배 꼭대기에는 해적 깃발이 나부끼고 있었다.

히스파니올라호 옆에는 보트가 한 척 떠 있었고, 그 안에는 실버가 앉아 있었다. 히스파니올라호 고물 쪽에 두 명이 난간에 기댄 채 보트 쪽으로 몸을 기울이고 뭐라고 이야기를 하고 있었다. 그중 한 명은 빨간색 모자를 쓰고 있었다. 몇 시간 전에 말뚝 울타리로 오르던 바로 그자였다. 거리가 2킬로미터 정도 떨어져 있어 무슨 이야기를 나누는지는 들리지 않았다. 보트는 곧 히스파니올라호의 곁을 떠나 해변으로 향했고, 갑판 승강구를 통해 아래로 내려가는 두 해적의 모습이 보였다. 배 안에는 단 두 명만 있는 것 같았다.

이제 태양은 망원경산 너머로 지고 있었고 안개가 짙어지며 본격적 어둠이 시작되고 있었다. 오늘 중으로 보트를 찾으려면 지체할 시간이 없었다. 하얀 바위까지는 이제 400미터 정도의 거리였다. 하지만 가시덤불 사이를 기어서 가야 했기에 제법 시간이 걸렸고 그곳에 도착했을 때는 거의 밤이 다 되어 있었다. 그곳에 도착해보니 바위 아래 일종의 동굴 같은 것이 있었다.

나는 그곳에서 벤 건이 제 손으로 만든 보트를 발견했다. 정말 조잡한 보트였다. 나무로 만든 뼈대는 균형이 맞지 않아 한쪽으로 기울어져 있었고, 털을 안쪽으로 가게 해서 염소 가죽을 겉에 입혀 놓았다. 보트는 내가 타기에도 작을 정도였다. 그보트야말로 고대 브리튼족이 만들어 탔다는 코라클과 다를 바 없었다. 하지만 그 코라클에도 큰 장점이 있었다. 아주 가벼워서 옮기기가 쉽다는 점이었다.

이제 그 보트를 찾았으니 여러분은 십중팔구 나의 일탈 행동이 그쯤에서 막을 내리리라고 생각할지 모른다. 그런데 그 순간 내게 또 다른 생각이 떠올랐다. 게다가 스스로 그 생각에 반해버려서, 규율을 중히 여기는 스몰렛 선장이 아무리 반대를 했더라도 반드시 실행에 옮겼을 것이다.

'그래, 이 보트를 타고 히스파니올라호로 가는 거야. 그리고 그 배의 닻줄을 끊어버리는 거야. 그러면 배가 제멋대로 흘러가겠지.'

나는 바위 위에 앉아 날이 완전히 어두워지기를 기다리며 비스킷을 맛있게 먹었다. 내 계획을 실행하기에 안성맞춤의 날씨였다. 안개가 온통 하늘을 뒤덮어버린 것이다. 드디어 마지막 햇살이 사라지자 보물섬 전체가 칠흑 같은 어둠에 휩싸였다. 내가 코라클을 어깨에 메고 동굴 밖으로 나왔을 때는 정박지 전체에 단 두 개의 불빛만 눈에 들어올 뿐이었다. 하나는 해안에서 타고 있는 모닥불이었고, 다른 하나는 닻을 내리고 있는 히스파니올라호의 선실 불빛이었다. 해적들 대부분은 늪지 모닥불 주변에서 술판을 벌이고 있는 것이 틀림없었다.

제2장 코라클을 타고

벤 건의 코라클은 조종하기가 매우 힘들었다. 아무리 방향을 잡으려 해도 할 테면 해보라는 식으로 바람이 부는 쪽으로만 가려 했고, 제자리에서 뱅뱅 도는 것이 주특기였다. 보트는 내가 목표로 하는 방향만 빼놓고는 어디로나 움직였다. 아무리 노를 저어도 소용이 없었다. 그런데 다행히 조류가 히스파니올라호 쪽으로 흐르고 있어서 내가 노를 젓는 것과는 상관없이 코라클은 나를 히스파니올라호 가까이 데려다주었다.

처음에 히스파니올라호는 그냥 시커먼 덩어리처럼 보였다. 그러더니 서서히 돛대와 선체가 모습을 드러냈다. 히스파니올라호 가까이 가자마자 나는 닻줄을 움켜잡았다.

닻줄은 활시위처럼 팽팽하게 당겨져 있었다. 나는 칼을 꺼내서 닻줄을 한 가닥씩 끊어 나갔다. 다행히 바람이 남서풍으로 바뀌어 불고 있어서 닻줄을 완전히 끊어내더라도 히스파니올라호가 코라클을 덮칠 우려는 없었다. 얼마 후 히스파니올라호는 가느다란 닻줄 두 가닥에만 의지해야 하는 신세가 되었다. 나는 바람이 불어와 밧줄이 느슨해지면 완전히 끊어버리리라 작정하고 잠시 기다렸다.

그때 선실에서 커다란 목소리가 들렸다. 사실 그때까지 닻줄을 자르느라 여념이 없어, 나는 배 안에는 별로 신경을 쓰지 않고 있었다. 나는 잠시 기다리는 동안 귀를 기울였다.

목소리 중 하나는 분명 조타수 이스라엘 핸즈의 것이었다. 또 다른 하나는 빨간 모자를 쓴 자의 목소리임이 분명했다. 둘은 몹시 술에 취해 말다툼을 하고 있었다. 욕설이 난무했으며 금방이라도 둘이 치고받을 것 같았다.

드디어 바람이 불어왔고, 배가 코라클로 가까이 다가왔다. 닻줄이 느슨해지자 나는 닻줄을 한 올도 남김없이 잘라버렸다. 히스파니올라호는 물살을 가르며 제자리에서 천천히 돌기 시작했다. 배가 이 지경인데도 두 명의 보초는 술에 취해 싸우느라 정신이 없는 것 같았다.

그때였다. 코라클이 갑자기 한쪽으로 기울더니 심하게 흔들렸다. 그리고 어디로 가는지도 모르는 채 빠르게 흘러가기 시작했다. 물살이 점점 빨라졌고 코라클은 너른 바다로 흘러가기 시작했다. 코라클 앞에는 히스파니올라호가 물결 따라 흘러가고 있었다.

갑자기 앞서 가던 히스파니올라호가 격렬하게 흔들리면서 방향을 틀었다. 위험에 처한 것을 알고 두 주정뱅이가 싸움을 멈춘 것 같았다.

나는 코라클 바닥에 바싹 엎드린 채 모든 것을 운명에 맡겼다. 해협을 빠져나가는 순간, 코라클은 사나운 파도에 휩쓸릴 것이 뻔했고, 내 앞길도 훤했다. 죽음이야 받아들일 수 있다 하더라도, 다가오는 운명을 두 눈 뜨고 지켜본다는 것은 괴로운 일이었다.

나는 그렇게 파도에 몸을 맡긴 채 몇 시간을 누워 있었던 것 같다. 배로 날아드는 바닷물과 거품을 맞으며 나는 이제 곧 죽는구나, 하는 생각을 멈출 수 없었다. 나는 점점 지쳐갔다. 공포에 질린 가운데도 몸에 감각이 없어졌고, 이따금 정신이 혼미해졌다. 이윽고 나는 잠에 빠져들었고 꿈속에서 내 고향과 낡은 '벤보우 제독 여관'을 만났다.

얼마 후 나는 잠에서 깨어났다. 날은 이미 훤히 밝아 있었고, 코라클은 보물섬 남서쪽 끝을 떠돌고 있었다. 해가 떠 있었지만 망원경산 뒤에 숨어 보이지 않았다. 이곳에서 보니 망원경산의 깎아지른 듯한 낭떠러지가 바다까지 곧장 이어져 있었다.

코라클은 섬으로부터 약 500미터 정도 거리에 있었다. 나는 노를 열심히 저으면 섬까지 갈 수 있으리라고 생각했다. 그러나 나는 곧 생각을 고쳐먹었다. 어마어마한 파도가 바위들을 넘나들며 엄청난 굉음을 내면서 물보라를 일으키고 있었기 때문이었다. 가까이 갔다가는 그대로 바위 위로 내동댕이쳐질 것이 뻔했다.

그때였다. 전에 실버에게 들은 말이 생각났다. 그가 이 해골섬을 잘 안다며 떠벌렸을 때 들은 이야기였다. 그의 말에 따르면 보물섬 서쪽 해안을 돌아 북쪽으로 흐르는 해류가 있다는 것이었다. 게다가 나는 이미 이곳 보물섬의 지도를 다 외우다시피 하고 있었다. 위치로 보아 나는 이미 그 해류를 타고 있는 것 같았다. 보트가 '홀보라인곶'을 지날 때까지 그냥 내버려두었다가, 좀 더 평온해 보이는 '삼림곶'에 상륙하는 것이 좋을 것 같았다.

나는 코라클 안에 얌전히 누웠다. 공연히 일어나서 노라도 잡으면 보트가 화를 낼 것만 같았다. 그러자 코라클은 해류를 따라 부드럽게 움직였다. 내 운명을 이 형편없는 보트에 맡겨야 한다는 사실이 한심했지만 어쩔 수 없었다. 그래도 나를 여기까지 무사히 데려다주지 않았는가!

하지만 나는 무턱대고 가만히 있었던 것은 아니었다. 이따금 잔잔한 곳을 지날 때면 엎드린 자세로 열심히 노를 저었다. 더딘 작업이었지만 성과가 있었다. 겨우 나는 삼림곶에 가까워졌다. 나는 상륙하고 싶었다. 아니 상륙해야만 했다. 갈증으로 온몸이 타들어가듯 괴로웠기 때문이었다. 하지만 물살 때문에 코라클은 상륙 지점을 그대로 지나쳐버렸다. 그리고 다시 너른 바다가 눈앞에 펼쳐졌다. 나는 절망했다.

그때였다. 섬에 상륙하고야 말겠다는 내 생각을 송두리째 뒤바꿔버린 광경이 눈앞에 펼쳐졌다. 내 앞, 1킬로미터도 채 안 되는 곳에 돛을 편 히스파니올라호가 보였던 것이다. 배는 바람을 가득 안고 북서쪽을 향하고 있었다. 나는 배가 섬을 한 바퀴 빙 돌아 정박지로 가려 한다고 생각했다. 하지만 배는 점점 서쪽으로 진로를 바꾸기 시작하더니, 맞바람을 맞아 그대로 꼼짝도 않고 서 있었다.

나는 생각했다.

'그래, 놈들이 아직 술에 취해 정신을 못 차리고 있는 거야.'

히스파니올라호는 서서히 방향을 틀어 1분 정도 빠르게 움직였지만 결국 다시 맞바람을 맞아 제자리에 서버렸고, 결국 계속 제자리를 맴돌고 있었다. 키를 잡고 있는 사람이 없는 게 분명했다. 놈들이 술에 떡이 되어 누워 있거나 배를 버리고 도망가버린 것이거나, 둘 중의 하나였다.

'그래, 배로 올라가자. 내가 저 배에 올라탈 수만 있다면 선장에게 배를 돌려줄 수 있을 거야.'

코라클과 히스파니올라호는 물결을 따라 같은 속도로 남쪽을 향하고 있었다. 히스파니올라호는 자주 맞바람을 맞아 그자리에 멈추었다. 용기를 내어 노를 저으면 배 가까이 갈 수 있을 것 같았다. 나는 거센 물보라로 인해 끊임없이 보트 안에 차오르는 물을 퍼내며 열심히 노를 저었다.

마침내 나는 배 가까이 접근할 수 있었다. 선실 창은 활짝 열려 있었고, 낮인데도 불구하고 탁자 위의 등불이 여전히 켜져 있었다. 이것저것 생각할 겨를도 없었다. 코라클이 파도 꼭대기에 올라 출렁거리는 순간, 히스파니올라호는 파도를 넘어 뱃머리를 아래로 향하고 있었다. 선체가 바로 내 머리 위에 있었다. 나는 벌떡 일어나 코라클을 박차고 위로 뛰어 올랐다. 나는 한 손으로 배 앞쪽 삼각돛대의 끝을 잡고, 돛대 버팀줄과 버팀목 사이에 발을 걸었다. 그 순간 뭔가 둔탁하게 부딪치는 소리가 들렸다. 히스파니올라호가 코라클을 박살낸 것이다. 이제 나는 히스파니올라호 위에서 오도 가도 못하는 신세가 된 것이다.

제3장 배를 접수하다

잠시 후 나는 갑판 위로 몸을 던진 뒤 데굴데굴 굴렀다. 갑판에는 아무도 없었다.

갑자기 히스파니올라호의 돛이 바람을 한껏 받았다. 내 뒤에 있는 삼각돛들이 요란한 소리를 냈고, 배 전체가 좌우로 심하게 요동쳤다. 그때 뒤 갑판의 모습이 내 눈에 들어왔다.

두 명의 보초가 그곳에 있었다. 하지만 성한 모습이 아니었다. 빨간 모자는 십자가 모양으로 두 팔을 벌린 채, 지렛대처럼 뻣뻣하게 누워 있었다. 입을 헤 벌리고 있어 이가 다 드러나 있었다. 이스라엘 핸즈는 고개를 가슴까지 숙이고, 두 팔을 축 늘어뜨린 채 난간에 기대어 있었는데, 검게 그을린 얼굴에 핏기가 싹 가셔 있었다.

바로 그때였다. 축 늘어져 있던 핸즈가 몸을 약간 움찔하는 것 같더니 신음 소리를 냈다. 배가 요동을 치자 그의 몸이 아래로 미끄러지더니 갑판에 그대로 드러누워버렸다. 나는 그쪽으로 걸어가 주 돛대 앞에 서서 그에게 비꼬듯이 말했다.

"승선을 환영합니다, 핸즈 씨."

핸즈는 맥없이 눈알을 굴렸지만 너무 기운이 없어 놀라는 표정조차 짓지 못했다. 그리고 간신히 한 마디 내뱉었다.

"럼주!"

지체할 시간이 별로 없다는 것을 깨닫고 나는 갑판을 가로질러 계단을 통해 선실로 내려갔다. 선실로 내려가 보니 난장판도 이런 난장판이 없었다. 지도를 찾느라 그랬는지 자물쇠를 채워놓았던 곳은 모두 부서져 있었고, 바닥은 온통 진흙투성이였다. 게다가 빈 병 수십 개가 바닥을 굴러다니며 요란한 소리를 냈다.

술 저장고로 가보니 술통은 죄다 사라지고 없었고, 그 많던 술병도 얼마 남지 않았다. 놈들이 반란 이후 매일 얼마나 취해 있었는지 알 만했다. 나는 여기저기 뒤져서 럼주 한 병을 겨우 찾아냈다. 그리고 내 몫의 비스킷, 절인 과일, 건포도 한 무더기, 치즈 한 쪽을 챙겼다.

나는 다시 갑판으로 올라가 술을 핸즈에게 주었다. 그는 럼주를 벌컥벌컥 들이켠 후에 말했다.

"그래, 바로 이거야!"

나는 한쪽 구석에 앉아 음식을 먹기 시작했다.

"많이 다쳤어요?" 내가 그에게 물었다.

그가 투덜거리듯 말했다. 아니, 차라리 으르렁거렸다고 하는 것이 옳을지도 모른다.

"그 의사가 배에 있었다면 금세 나을 텐데. 하지만 나는 운이 정말 없는 놈이야. 언제나 그게 내 문제지. 저 얼간이는 죽었어. 아주 뻗어버린 거지. 그런데, 도대체 너 어디서 나타난 거냐?"

"나요? 나는 이 배를 접수하러 왔지요. 별도의 지시가 있을 때까지는 나를 이 배의 선장으로 대접해야 해요."

그 말과 함께 나는 깃발을 당기는 줄이 있는 곳으로 뛰어가 놈들의 해적 깃발을 내려 배 밖으로 던져버렸다. 그런 후 나는 모자를 흔들며 외쳤다.

"국왕 폐하 만세! 이걸로 실버 선장은 끝장이다!"

핸즈는 턱을 가슴팍에 묻은 채, 나를 은밀하게 바라볼 뿐이었다. 잠시 후 그가 입을 열었다.

"호킨스 선장, 내 생각에는 말이야, 자네는 배를 상륙하고 싶을 것 같은데⋯⋯. 어때? 우리 이야기를 좀 해볼까?"

"좋아요, 어서 말해봐요."

"이 뻗어버린 녀석은 오브라이언이라는 녀석이야. 야비한 아일랜드 놈이지. 녀석과 배를 돌리려고 돛을 올렸어. 하지만 이제 놈은 죽었어. 그러니 이제 누가 배를 몰아야 할지 모르겠군. 내가 가르쳐주지 않으면 너는 배를 몰 수 없어. 그러니 내 말을 들어봐. 내게 먹을 것과 마실 것, 상처를 감쌀 헝겊을 갖다줘. 그러면 내가 배를 모는 법을 가르쳐줄게. 어때, 공평하지 않아?"

내가 그에게 대답했다.

"좋아요. 하지만 한 가지 조건이 있어요. 나는 배를 정박지에 대지 않을 거예요. 북쪽의 만으로 들어가 조용히 배를 댈 거예요."

"물론이지! 나를 바보천치로 알아? 내가 지고 네가 이긴 거야. 북쪽 만? 좋아. 내게는 선택권이 없지. 제길! 네가 이 배를 해적 처형장으로 몰려고 해도 도리가 없잖아."

우리는 즉석에서 협상을 했다. 3분 뒤 나는 바람을 등진 채, 보물섬 해안을 따라 히스파니올라호를 손쉽게 몰고 있었다. 나는 정오 전까지는 배를 그곳에 댈 수 있으리라는 희망에 부풀었다.

나는 키의 손잡이를 단단히 묶어둔 채 아래 선실로 내려가 어머니가 주신 비단 손수건을 꺼냈다. 핸즈는 내 도움을 받아 칼에 찔린 넓적다리를 싸맸다. 그는 음식을 먹고 럼주를 마시더니 한결 기운을 차린 것 같았다. 그는 이제 허리를 펴고 앉아 이야기를 할 수 있게 되었다.

이제 바람은 우리가 원하는 대로 서풍으로 바뀌어 있었다. 덕분에 우리는 북쪽 만 어귀까지 쉽게 갈 수 있었다. 다만 우리에게는 닻이 없어서 밀물이 강하게 밀려와야만 해변에 배를 댈 수 있었기에 시간을 꽤 지체해야만 했다. 나는 여러 번 시행착오를 겪은 끝에 배를 멈추게 할 수 있었다. 그런 후 나는 핸즈와 마주 앉아 식사를 했다.

그런데 그가 느닷없이 내게 한 가지 부탁을 했다.

"짐, 갑자기 포도주가 먹고 싶군. 포도주 한 병만 갖다 줄 수 있겠어? 이놈의 럼주는 너무 독해서 말이야."

그런데 그가 어딘가 말을 좀 더듬는 게 수상해 보였다. 게다가 럼주가 너무 독해서 포도주를 마시고 싶다니! 그 말을 어떻게 믿을 수 있단 말인가?

나는 속으로 생각했다.

'내가 갑판에서 사라지길 바라는 거야. 무슨 꿍꿍이일까?'

나는 그 이유를 도무지 짐작할 수 없었다. 하지만 나는 포도주를 가져다주겠다고 선선히 대답했다. 내가 뭔가 의심하고 있다는 사실을 이런 멍청이에게 감추는 건 너무 쉬운 일이라고 자신했기 때문이었다.

"포도주요? 좋아요. 포르토 와인을 갖다줄게요. 찾느라 시간이 좀 걸릴 거예요."

나는 일부러 발자국 소리를 크게 내며 승강구 계단을 내려갔다. 그런 후 신발을 벗고 복도를 통해 앞 갑판까지 살금살금 간 뒤 그곳 계단을 올라가 고개를 빠끔히 내밀었다.

내가 살펴보고 있으리라고는 꿈에도 생각하지 못한 핸즈가 하는 행동을 보고 나는 깜짝 놀랐다.

그는 두 손과 무릎을 사용해 자리에서 일어났다. 꼼짝 못 하고 누워 있어야만 하는 줄 알았는데 상태가 좋아진 것이다. 그는 고통을 참으며 몸을 질질 끌어, 배의 좌현 배수구 쪽으로 갔다. 그리고 그곳 밧줄 사이에 감추어두었던 단검을 꺼냈다. 단검은 칼자루까지 피범벅이었다. 그는 그 단검을 품에 감추더니 원래 자리로 구르듯이 돌아와 뱃전에 몸을 기대고 앉았다.

이제 모든 것이 분명해졌다. 이스라엘 핸즈는 몸을 쓸 수 있었으며, 단검으로 나를 없애려 하고 있었다.

하지만 나는 내가 당분간 안전하다는 것도 확신했다. 나나 핸즈나 히스파니올라호가 안전한 곳에 정박하기를 바라고 있었다. 그는 불편한 몸으로 배를 움직일 수 없으니 배가 완전히 정박할 때까지는 내 도움이 필요했다. 그러니 히스파니올라호를 안전하게 해안에 댈 때까지는 내 목숨도 안전한 셈이었다.

나는 재빨리 선실로 돌아가, 포도주를 한 병 들고 다시 갑판으로 올라갔다. 핸즈는 내가 떠날 때 모습 그대로 기운이 없는 것처럼 누워 있었다. 그는 내가 건네준 포도주를 벌컥벌컥 들이켠 후 내게 말했다.

"이제 다 됐어. 밀물이 꽤 높이 밀려왔어. 너는 내가 시키는 대로만 하면 돼. 배를 적당한 곳에 대기만 하면 끝나는 거야."

나는 생각보다 유능한 조수였다고 자부한다. 핸즈도 뛰어난 조타수였다. 우리는 조금씩 배를 돌려가며 양쪽 기슭을 스칠 듯 말 듯, 아슬아슬하게 안으로 들어갔다. 누군가 봐주는 사람이 없는 것이 섭섭할 정도로 깔끔한 솜씨였다.

튀어나온 두 곳 사이를 지나 안으로 들어가자 우리는 곧 육지로 둘러싸였다. 핸즈가 말했다.

"저기를 봐. 배를 대기에 안성맞춤인 곳이야. 평평하고 고운 모래밭이고 바람 한 점 없어."

이어서 핸즈는 마지막 지시를 하기 시작했다. 나는 숨 돌릴 틈도 없이 그의 명령에 따랐다. 그의 말대로 배의 뒤쪽이 바람 부는 방향을 향하도록 키를 힘껏 틀자 히스파니올라호는 빠르게 방향을 바꾸더니 숲이 우거진 해안을 향해 곧장 나아갔다.

나는 배를 조종하며 흥분해 있던 나머지 핸즈에 대한 경계심을 늦추고야 말았다. 나는 배가 뭍에 닿기를 기다리며 우현 난간 너머로 목을 빼고 밖을 바라보느라 정신이 없었다.

그때 만약 이상하게 불길한 생각이 들어 고개를 돌리지 않았다면 나는 그 자리에서 그대로 황천객이 되었을 것이다. 아마도 삐걱거리는 소리를 들었거나, 무슨 그림자가 움직이는 것을 보았는지도 모르겠다. 아니면 그냥 본능적인 느낌이었는지도 모르겠다.

내가 고개를 돌린 순간, 핸즈가 손에 단검을 들고 나를 덮치려 하고 있었다.

눈이 마주치는 순간 둘은 동시에 고함을 내질렀다. 나는 겁에 질려 비명을 내지른 것이었고, 핸즈는 분노에 찬 황소 같은 고함을 내지른 것이었다. 그가 고함과 함께 내게 몸을 던진 순간, 나는 옆으로 비껴서며 고물 쪽으로 풀쩍 뛰었다. 내가 잡고 있던 키 손잡이를 놓자 한껏 돌려놓았던 손잡이가 갑자기 휙

돌았고, 그 손잡이가 핸즈의 가슴팍을 강타했다. 잠시 동안 그가 죽은 듯 꼼짝 않고 있어서 나는 재빨리 갑판 구석으로 도망칠 수 있었다.

나는 고물 쪽 돛 아래 멈춰 서서 주머니에서 권총을 꺼냈다. 그리고 내게 돌진해 오는 핸즈를 향해 침착하게 총을 겨누고 방아쇠를 당겼다. 그러나 총소리도 없었고 불빛도 없었다. 화약이 바닷물에 젖어 못 쓰게 된 것이었다.

어쨌든 핸즈의 단검 공격을 고스란히 받고만 있을 수는 없었다. 나는 그의 공격에 맞서는 자세를 취했다. 집에서 친구들과 종종 했던 놀이와 비슷했다. 당연한 일이지만 그때와는 달리 심장이 무섭게 두근거렸다. 하지만 어쨌든 내가 했던 놀이와 비슷했고, 더욱이 상대방이 부상을 당한 늙은이니 내 한 몸쯤은 지킬 수 있으리라는 자신감이 있었다. 핸즈도 내가 맞서려는 모습을 보고 섣불리 달려들지는 못하고 있었다.

그때였다. 히스파니올라호가 갑자기 기우뚱거렸다. 배가 뭔가에 부딪치는 것 같더니 순식간에 모래사장 위로 올라간 것이다. 잠시 후 선체가 휘청하고 흔들리더니 왼쪽으로 기울어져 결국 45도 정도 누운 채로 멈춰 서게 되었다. 그 바람에 커다란 통에 있던 물이 넘쳐 갑판 배수구로 빨려 들어갔고, 갑판과 뱃전 사이에 커다란 웅덩이가 생겨버렸다.

그 바람에 우리 둘 다 넘어졌다. 배가 기울어져 있으니 갑판에서 뛰어다니며 핸즈를 피할 수는 없었다. 나는 생각할 겨를도 없이 뒤쪽 돛대의 돛 줄 위로 번개처럼 뛰어 올랐다. 그리고 부지런히 손을 놀려 맨 꼭대기의 활대에 가서 앉았다.

조금이라도 늦었으면 큰일 날 뻔했다. 핸즈가 휘두른 단검이 내 발 아래 허공을 가른 것이다. 핸즈는 밑에서 입을 벌리고 나를 쳐다보고 있었다. 나는 한숨을 돌리고 권총의 장약을 갈아 끼웠다. 만약에 대비해 다른 한 자루도 장전했다.

핸즈는 단검을 입에 물더니 위로 올라오려고 낑낑거렸다. 하지만 불편한 몸으로는 어림도 없었다. 그가 3분의 1도 채 올라오기 전에 내가 그에게 말했다.

"어디 한 걸음만 더 올라와 보시지요, 핸즈 씨!"

핸즈는 곧 동작을 멈추었다. 뭔가 수라도 내려고 곰곰 생각하는 것 같았다. 무척이나 당황한 기색이 역력했다. 마침내 그가 단검을 입에서 빼내더니 입을 열었다.

"짐, 자네나 나나 뭔가 잘못 된 거야. 그러니 평화 협정을 맺기로 하자. 배만 갑자기 기울지 않았더라도 너를 없앨 수 있었는데……. 하지만 나는 재수가 없는 놈이니……. 자, 이렇게 항복한다."

그의 말에 취해 나는 활대에 앉아 마치 담장 위의 수탉처럼 의기양양하게 웃었다. 그때였다. 핸즈의 오른팔이 뒤로 젖혀지는가 싶더니 단검이 휙 소리를 내며 허공을 갈랐다. 내가 어깨에 강한 통증을 느끼는 순간 단검은 내 어깨를 뚫고 돛대에 박혀버렸다.

순간 권총 두 자루가 동시에 불을 뿜었고, 나는 총 두 자루를 모두 손에서 떨어뜨렸다. 의식하고 쏜 것도 아니었고 그를 겨냥한 것도 아니었다.

하지만 떨어진 것은 권총만이 아니었다. 핸즈는 단말마의 비명을 지르며 쥐고 있던 밧줄을 놓치고 바닷물 속에 거꾸로 처박혔다.

제4장 은화 여덟 닢

배가 기울어져 있었기에 돛대는 바닷물 위로 길게 뻗어 있었고 그 바람에 핸즈는 바닷물에 처박힌 것이었다. 핸즈는 피거품을 물며 한 번 물 위에 떠오르더니 다시는 떠오르지 않았다. 물이 잠잠해지자 얕은 물에 잠겨 누워 있는 핸즈의 모습이 보였다. 물고기 한두 마리가 그의 몸을 스치고 지나갔다.

나는 정신이 들자 우선 단검을 빼내려 했다. 하지만 칼을 빼내려고 몸을 움직이는 순간, 내 몸이 자유로워졌다. 칼은 빗나간 것이나 다름없었다. 칼은 내 살갗만 꿰뚫고 돛대에 박힌 것이었고 내가 몸을 움직이자 살갗이 찢어지면서 칼에서 벗어날 수 있었던 것이다. 물론 피가 많이 흐르고 있었다.

밑으로 내려온 나는 선실로 내려가 상처를 대충 치료했다.

매우 아프긴 했지만 상처는 깊지 않았다. 팔도 제대로 쓸 만했다. 나는 배 안에 있던 오브라이언의 시체를 바다로 던져 넣는 것으로 배에서의 일을 마쳤다. 그를 바다에 던질 때 그가 항상 쓰고 있던 모자가 벗겨져 물 위에 둥둥 떠다녔다. 물거품이 가라앉자 핸즈와 나란히 누워 있는 그의 시체가 보였다. 아직도 상당히 젊은 축이었지만 그의 머리는 홀랑 벗겨진 대머리였다.

배에는 이제 나 혼자뿐이었다. 기울어진 배가 위험한 지경에 처할 수도 있다는 것을 알았지만 나 혼자서는 할 수 있는 것이 아무것도 없었다. 할 수 없이 기울어진 배를 그대로 내버려둔 채 나는 해안을 향해 걸어갔다.

나는 기분이 좋아 휘파람을 불었다. 이렇게 무사히 돌아왔을 뿐 아니라, 범선을 가지고 돌아왔으니 의기양양할 만도 했다. 이제 해적의 손아귀에서 벗어나 저 배를 타고 돌아갈 수 있으리라!

나는 어서 우리의 요새로 돌아가 내가 한 일을 자랑하고 싶었다. 무단이탈한 것에 대해 야단을 치겠지만 모두들 내가 이룬 공을 보고 입을 다물리라. 혹시 스몰렛 선장도 내가 공연히 시간을 낭비한 게 아니라고 인정해줄지도 모르지 않는가?

나는 신이 나서 우리 편들이 있는 통나무집으로 향했다. 나는 강폭이 좁은 상류 쪽 개울을 건너, 지난번 벤 건을 만났던 곳 근처도 지났다. 이제 땅거미도 다 졌으며 밤이 점점 깊어가고 있었다.

그렇게 한참을 걷다보니 갑자기 주변이 환해졌다. 달이 뜨기 시작한 것이다. 나는 달빛의 도움을 받아 남은 길을 재촉했다. 이윽고 요새가 가까워지자 나는 발걸음을 늦추었다. 행여 우리 편이 쏜 총에 맞기라도 하면 이 무슨 허무한 종말이란 말인가?

달은 점점 더 높이 떠올라 넓게 트인 숲 여기저기를 환하게 비추기 시작했다. 마침내 나는 숲의 경계선에 이르렀다. 사람의 움직임은 전혀 없었고, 오로지 바람 소리만 들릴 뿐이었다.

나는 이상한 생각이 들어 걸음을 멈추었다. 그와 함께 약간 두렵기도 했다. 집 건너편에 커다란 모닥불이 환히 빛을 내며 타오르고 있었던 것이다. 우리 편이라면 이렇게 모닥불을 피울 리 없었다. 선장의 명령에 따라 우리는 땔감을 아껴 썼다. 혹시 내가 없는 동안에 뭔가 잘못된 것은 아닐까?

나는 어둠 속에 몸을 감추고 가장 어두운 곳을 골라 울타리를 넘었다. 그리고 통나무집 모퉁이를 향해 살금살금 기어갔다. 사람들 코고는 소리가 들려왔다. 그 소리를 듣자 갑자기 마음이 가벼워졌다. 동료들이 평화롭게 잠을 자고 있다는 생각에서였다.

하지만 한 가지만은 확실했다. 경비가 형편없다는 사실이었다. 만일 실버 일당이 나처럼 기어서 왔다면 저 안에 있는 사람치고 살아서 새벽을 맞을 사람은 하나도 없었으리라. 나는 선장이 부상을 입는 바람에 이렇게 된 거라고 생각했다. 그리고 보초를 설 사람 한 명이 아쉬운 판에 일행을 위험에 빠지게 내버려두고 떠난 자신을 책망했다.

문 앞에 도착하자 나는 몸을 일으켰다. 집 안은 컴컴해서 아무것도 보이지 않았고 다만 코고는 소리만 요란하게 들려올 뿐이었다. 나는 두 팔을 뻗어 더듬거리며 안으로 들어갔다. 나는 시치미를 떼고 자리에 누웠다가, 아침에 나를 발견하고 사람들이 어떤 표정을 지을 것인지 구경할 심산이었다.

그때 물컹 하고 뭔가 발에 밟혔다. 잠자고 있는 사람의 다리였다. 하지만 그는 끙 소리를 내며 몸을 돌렸을 뿐 잠에서 깨는 않았다.

바로 그 순간, 날카로운 소리가 어둠 속에서 들려왔다.

"은화 여덟 닢! 은화 여덟 닢! 은화 여덟 닢!"

실버의 앵무새인 '플린트 선장'이 내는 소리였다. 잠들어 있는 인간들보다 이 앵무새가 훨씬 충실하게 보초를 서고 있었던 것이다.

사람들이 모두 그 소리에 잠에서 깨어 벌떡 일어났다. 실버가 심한 욕설과 함께 외쳤다.

"도대체 웬 놈이야!"

나는 뒤로 돌아 도망치려다가 누군가에게 세게 부딪혀 뒷걸음질을 치다가, 다른 사람 품에 안긴 꼴이 되고 말았다. 그자는 나를 꽉 잡았다.

이어서 누군가 말했다.

"횃불을 가져와, 딕!" 바로 실버의 목소리였다.

누군가 통나무집 밖으로 나가더니 곧바로 횃불을 들고 돌아왔다.

제6부

실버 선장

제1장 적들의 손아귀에서

횃불이 통나무집을 밝히자 우려했던 최악의 사태가 눈앞에 펼쳐졌다. 해적들이 집과 식량을 몽땅 차지한 것이다. 그런데 정말로 무서웠던 것은 포로가 한 명도 없었다는 사실이었다. 그렇다면 모두 다 죽었단 말인가! 나는 그들과 함께 죽지 못한 것을 뼈저리게 자책할 수밖에 없었다.

해적은 모두 여섯이었다. 나머지는 모두 죽은 모양이었다. 여섯 명 중 한 명은 심한 부상을 입은 듯 얼굴이 창백했다. 아마 전에 놈들이 공격해 왔을 때 총을 맞고 숲으로 도망쳤던 놈 같았다.

앵무새 '플린트 선장'은 실버의 어깨에 앉아 부리로 깃털을 다듬고 있었다. 실버는 평소보다 더 창백하고 심각해 보였다.

그가 나를 보자 외쳤다.

"뭐야! 짐 호킨스잖아! 여길 찾아온 건가? 좋은 뜻으로 온 거라고 생각하지."

그는 럼주 통 위에 앉아 파이프에 담배를 채우더니 횃불을 건네받아 담뱃불을 붙인 후 말을 이었다.

"자, 다들 앉자고. 호킨스가 왔다고 해서 그렇게들 서 있을 필요 없잖아. 짐, 네가 여길 오다니 정말 뜻밖이야. 하지만 반갑기도 해."

나는 실버의 말에 아무런 대꾸도 하지 않았다. 나는 벽에 등을 지고 서서 놈들을 당당한 태도로 바라보았다. 하지만 사실은 깊은 절망에 빠져 있었다.

실버는 파이프를 한두 모금 빨고 난 후 다시 말을 이었다.

"짐, 네가 여기 왔으니 내 생각을 털어 놓으마. 나는 늘 네가 똑똑한 애라고 생각했어. 꼭 젊었을 때 멋졌던 나를 보는 것 같았단 말씀이야. 네가 우리 편이 되어 신사로 살아가면 좋겠다고 늘 생각했었지. 그리고 이제 그렇게 된 거야.

스몰렛 선장은 좋은 뱃사람이야. 그건 내가 인정해. 하지만 너무 규칙에 매달려 있어. 그런 사람이 노는 물에서는 함께 놀지 않는 게 좋아. 의사 선생님은 너를 무지무지 섭섭해하고 있어. '배은망덕한 자식'이라고 하더군. 요컨대 너는 이제 네 친구들에게 돌아갈 수 없어. 너를 더 이상 필요로 하지 않거든. 이제 이 실버 선장에게 붙어야 할걸."

실버의 말에 나는 한시름 놓았다. 최소한 내 동료들이 무사하다는 것은 확인한 셈이었다. 내 무단이탈에 대해 그들이 화가 나 있다는 실버의 말이 사실이겠지만, 그 말을 듣고 걱정이 되기보다는 오히려 마음이 놓였다.

내가 가만히 있자 실버가 말을 계속했다.

"네가 우리에게 잡힌 건 사실이야. 하지만 그 이야기는 길게 하지 않겠어. 나는 협상을 좋아하는 사람이지, 남에게 억지로 강요하는 사람이 아니야. 네가 마음이 있으면 너는 우리 편이 되는 거야. 그렇지 않다면 얼마든지 싫다고 말해도 돼. 아무것도 거리낄 것 없어."

"이제 내가 대답할 차례인가요?"

내가 떨리는 목소리로 말했다. 실버의 말들이 전부 비아냥거리는 소리로 들렸고, 나는 내가 죽음의 위협 앞에 놓여 있다는 것을 느꼈던 것이다. 뺨이 후끈 달아올랐고 심장이 요란하게 고동치고 있었다.

실버가 내 말에 대답했다.

"뭐 그렇게 서두를 거 있나? 아무도 너를 다그치지 않아. 보다시피 나는 너랑 있는 게 즐겁거든."

나는 마음을 다잡고 조금 대담하게 말했다.

"내가 선택을 하기 전에 뭐가 어떻게 된 건지 알아야 하는 것 아닌가요? 당신들이 어떻게 해서 이곳에 있는지, 내 친구들은 어떻게 되었는지 알 권리가 내게 있는 것 아닌가요?"

그러자 실버가 여전히 상냥한 말투로 대답했다.

"그래, 호킨스 씨, 다 말씀드리지요. 어제 새벽에 리브지 선생이 흰 깃발을 들고 찾아왔어. 그 양반이 내게 말하더군. '실버 선장, 당신은 배반당했소. 배가 없어졌소.' 하긴 우리가 술을 마시며 노래를 부르고 있었으니, 아무도 바다 쪽 망을 보지 않았던 것은 사실이야. 그 양반 말을 듣고 바다를 바라보니, 염병할! 정말로 배가 없는 거야.

우리들 모습을 보고 의사 선생이 말하더군. '자, 이제 협상을 합시다.' 그런 후 그 양반하고 나하고 합의를 보게 된 거야. 그래서 우리가 여기 있게 된 거지. 식량, 술, 오두막집, 게다가 고맙게도 장작까지 모두 우리에게 내놓은 거야. 그런 후 그 사람들은 그냥 걸어 나갔어. 아 참, 그때 의사 선생이 네가 지긋지긋하다는 이야기도 한 거야. 네 이야기를 왜 했느냐고? 네 일행이 네 명이라는 이야기를 하면서 네 이야기도 꺼내게 된 거지. 그 이상 내가 해줄 이야기는 더 없어."

"그게 단가요?"

"그래 그게 다야. 자, 이야기를 들었으니 이제 네가 선택할 차례인 것 같다."

나는 침을 꿀꺽 삼킨 후 말했다.

"좋아요. 나는 제 앞가림도 못하는 바보가 아니에요. 하지만 내게 어떤 일이 벌어지건 상관없어요. 당신을 알고부터 사람이 죽는 걸 너무 많이 보았으니까요. 하지만 그 전에 당신에게 해줄 말이 몇 가지 있어요.

우선, 지금 당신이 곤경에 처해 있다는 걸 알려주고 싶네요. 배도 잃었고, 보물도 잃은 데다, 동료들도 잃었지요. 당신 계획은 모두 어그러진 거예요.

왜 그렇게 됐는지 알고 싶지요? 전부 나 때문이에요. 우리가 이 섬을 발견한 날, 내가 사과 통 속에 있었던 건 모르지요? 당신이 딕이랑 핸즈랑 나누는 이야기를 내가 다 들었어요. 참, 핸즈가 지금 바다 밑바닥에 누워 있는 건 모르지요?

나는 내가 들은 말을 한 마디도 빼놓지 않고 우리 편들에게 모두 전했어요. 그래서 당신 음모를 모두 알게 된 거지요.

히스파니올라호의 닻줄을 자른 것도 나예요. 그 배에 있던 핸즈도 내가 죽였고, 배를 당신이 도저히 찾을 수 없는 곳으로 옮겨 놓은 것도 나예요. 나는 처음부터 당신 머리 꼭대기 위에 있었던 거라고요.

자, 이제 나를 죽이든지 살리든지 마음대로 하세요. 하지만 마지막으로 한마디만 더 하지요. 만일 나를 살려준다면, 이제까지 벌어진 일은 모두 잊겠어요. 그리고 여러분 모두가 법정에 서게 되었을 때, 여러분의 목숨을 구해주기 위해 최선을 다 하겠어요.

자, 이제 당신이 선택할 차례예요. 당신에게 돌아갈 이익은 하나도 없으면서 그냥 한 명을 또 죽일 건지, 아니면 나를 살려주고, 당신들을 구해줄 미래의 증인으로 남길 건지요."

나는 말을 멈출 수밖에 없었다. 숨이 찼기 때문이었다. 그런데 놀랍게도 그들 중 아무도 움직임 없이, 마치 순한 양 떼처럼 나를 바라보고만 있었다.

그때였다. 적갈색 얼굴빛의 한 사내가 갑자기 외쳤다. 톰 모건이라는 늙은 뱃사람으로서, 브리스톨 부두에 있는 롱 존의 술집에서 본 자였다.

"한 가지 더 있어. 검은 개를 알아본 것도 저놈이었어."

그러자 요리사 실버가 덧붙여 말했다.

"제길, 나도 한 가지 더 말할 게 있지. 빌리 본즈가 갖고 있던 지도를 슬쩍한 것도 저놈이야. 처음부터 짐 호킨스 때문에 모든 일이 다 틀어진 거야."

그러자 모건이 벌떡 일어나 칼을 뽑으며 사나운 욕설과 함께 소리쳤다.

"그래, 어디 맛 좀 봐라!"

그가 내 앞으로 다가오려 하자 실버가 그를 막으며 말했다.

"모건, 그만두지 못해!"

모건이 머뭇거리자 다른 해적들이 웅성거리기 시작했다. 그리고 제각각 한마디 했다.

"왜 톰을 막는 거야?"

"톰이 옳아. 지금까지 저 한 놈 때문에 너무 고생한 거야."

"실버, 당신 때문에 우리가 또 고생을 하느니 차라리 이 자리에서 목을 매는 게 나을 거야!"

그러자 실버가 여전히 통 위에 앉아서 으르렁거리듯 말했다.

"그래, 나랑 한판 붙자 이건가? 좋아, 누구건 상대해주지. 왜 아무 말들이 없지? 갑자기 벙어리가 되신 건가? 자, 나는 준비가 됐으니 용기 있는 놈은 어서 칼을 빼 들라고! 내 파이프 담

배가 다 타기 전에 이 절름발이가 그놈 창자 색깔이 어떤지 확
까 보여줄 테니!"

아무도 움직이지 않았고 아무도 대답하지 않았다.

실버가 다시 파이프를 입에 물며 말했다.

"흥, 내 그럴 줄 알았지. 보기엔 한가락 할 놈들처럼 생겼지.
하지만 네놈들은 상대할 가치도 없는 놈들이야. 네놈들은 나를
선장으로 뽑았어. 그리고 네놈들은 '부자 신사'답게 나와 싸울
생각도 못하고 있어. 그러니, 염병할! 내게 복종해야 하는 거
아냐? 암, 그래야 하지.

나는 이 꼬마가 맘에 들어. 저놈보다 나은 놈은 본 적이 없
어. 쥐새끼 같은 네놈들 모두를 합친 것보다 저 아이가 더 용기
가 있어. 어디 저 애에게 손가락 하나 까딱해봐라!"

오랫동안 침묵이 흘렀다. 나는 벽에 등을 기댄 채 서 있었다.
내 가슴은 망치질하듯 쿵쾅거렸다. 하지만 이제는 조금이나마
희망의 빛이 비치기 시작하고 있었다. 실버는 팔짱을 긴 채, 파
이프를 입가에 물고 벽에 기대어 있었다. 그는 마치 교회에 온
것처럼 태연했다. 하지만 그는 눈을 무섭게 굴리며 반란자들을
살피고 있었다.

한편 반란자들은 통나무집 반대편에 몰려 있었다. 그들이 나

지막하게 소곤대는 소리가 마치 시냇물 소리처럼 내 귀에 들려왔다. 그들의 눈길은 모두 실버를 향해 있었다.

"할 말들이 많은 모양이군. 어디 지껄여 보시지. 내 들어줄 테니……."

그러자 그들 중 한 명이 입을 열었다.

"미안하지만, 선장님은 선장님 마음대로 규칙을 바꾸고 있습니다. 우리들은 그게 불만입니다. 우리들에게는 나름대로의 권리가 있습니다. 내게는 이런 말을 할 자유가 있습니다. 당신이 정한 규칙에 따라 우리들은 함께 의논을 해보아야겠어요."

삼십 대 중반쯤 돼 보이는 그 사내는 말을 마치자 경례를 붙이고 밖으로 나갔다. 노란 눈에 큰 키의 사내였다. 그러자 다른 친구들도 하나씩 경례를 붙이며, "규칙에 의한 겁니다", "갑판 회의입니다"라고 말한 후 밖으로 나갔다. 통나무집 안에는 나와 실버만이 남았다.

그러자 실버가 겨우 들릴까 말까 한 작은 목소리로 내게 속삭였다.

"조심해, 짐 호킨스. 네 죽음이 바로 코앞에 있어. 저놈들이 나를 몰아내려 하고 있는 거야. 하지만 명심해. 무슨 일이 있어도 나는 네 편이야. 물론, 네가 조금 전에 그런 말을 하기 전까지는 그럴 생각이 추호도 없었어. 나는 재산을 모두 잃고 교수형을 받게 될 판이라 절망하고 있었거든. 그런데 나는 네가 제대로 된 놈이란 걸 확인했어. 그래서 생각하게 된 거야. '존, 짐 호킨스를 지켜라. 그러면 짐도 네 편이 될 거다.' 짐, 너는 내 마지막 카드야. 제길, 나는 또 네게 마지막 카드이고. 너는 나를 살려야 해. 그러면 나도 너를 살릴 거야."

나는 그가 무슨 말을 하는지 어렴풋이 알아차리기 시작했다. 내가 그에게 물었다.

"모든 재산을 잃어버렸다고요?"

"그래, 모두 잃었어. 배가 사라졌잖아. 목도 달아날 판이고. 정박지에 배가 없다는 걸 안 순간 힘이 쪽 빠지더군. 난 무척 강한 놈인데 말이야. 하지만 회의랍시고 하는 저놈들은 겁낼 것 없어. 저놈들은 바보인 데다 겁쟁이들이야. 저놈들이 어떻게 나오건 나는 네 목숨을 지켜줄 수 있어. 하지만 잘 들어, 짐. 가는 게 있어야 오는 게 있는 거야. 너는 내가 교수대에 매달리지 않게 해줘야 해. 네가 증인이 돼야 하는 거야."

나는 대경실색했다. 그가 내게 도저히 불가능한 부탁을 하고 있는 것 아닌가! 이 노회한 해적이! 더욱이 반란의 주동자가!

하지만 나는 그에게 말했다.

"내가 할 수 있는 건 다 하겠어요."

사실, 스스로도 왜 그런지 이유는 알 수 없었지만 나의 그 말은 어느 정도 진심이었다.

내 말을 듣고 그가 외쳤다.

"자, 협상 끝! 자, 짐, 이제 겁먹을 필요 없어! 짐, 내 말 잘 들어. 나도 머리가 있는 놈이야. 나는 이제부터 트렐로니 씨 편이다. 나는 네가 배를 어딘가 안전한 곳에 두었다는 걸 잘 알아. 어떻게 그랬는지는 몰라. 묻지도 않겠어. 핸즈와 오브라이언은 멍청한 놈들이라서 그렇게 됐겠지."

그는 파이프에 불을 붙이더니 술통에 든 코냑을 양철통에 따랐다.

"좀 마셔보겠어, 동지?"

그가 양철통을 내게 내밀자 나는 고개를 저었다.

"좋아. 그럼 나 혼자 마시지 뭐. 나는 골치 아픈 일이 있으면 꼭 한잔해야 하거든. 참, 그런데 그 의사 양반이 왜 내게 지도를 줬을까?"

내가 놀라는 모습을 보고 그는 나도 아무것도 모른다는 사실을 금세 알아차렸다.

"상관없어. 어쨌든 그가 내게 지도를 줬어. 분명 무슨 속셈이 있을 텐데……. 그래, 틀림없어. 좋은 일이건 나쁜 일이건, 무슨 꿍꿍이가 있을 거야."

실버는 코냑을 한 모금 더 들이켰다.

제2장 또다시 검은 딱지

해적들의 회의는 꽤 오래 계속되었다. 놈들은 횃불을 들고 말뚝 울타리로 내려가는 언덕 중간쯤에 모여 있었다. 그중 한 놈이 칼을 들고 있었고, 유심히 보니 무슨 책 같은 것도 들고 있었다.

잠시 후 문이 열리고 다섯 명이 함께 집 안으로 들어섰다. 그들이 그들 중 한 명의 등을 떠다밀자, 그 사내는 쭈뼛쭈뼛하며 앞으로 나섰다. 그자는 꽉 움켜쥔 오른손을 앞으로 내민 채 걸어왔다.

"어서 와, 이 친구. 잡아먹지 않을 테니. 자, 그걸 내게 줘. 나도 규칙은 잘 알아. 심부름꾼을 곱게 대접할 줄 안다고."

그러자 그 해적은 용기를 내어 실버에게 손에 쥔 것을 내밀더니 재빨리 동료들 곁으로 돌아갔다.

그러자 실버가 말했다.

"검은 딱지! 내 그럴 줄 알았지. 그런데 이 종이는 어디서 구했지? 아니, 이런! 무슨 짓을! 성경을 찢었잖아! 도대체 누구 짓이야?"

그러자 해적들 중 한 놈이 대답했다.

"딕이야."

"딕? 정말이야? 그렇담, 마지막 기도나 드려야겠군! 이런 짓을 하다니, 다 끝장 난 거 아니야?"

그러자 노란 눈의 해적이 거칠게 말했다.

"그만하시지. 우리들은 회의를 열어 당신에게 검은 딱지를 준 거야. 어서 그걸 뒤집어서 뭐라고 적혀 있는지 읽어봐. 그런 다음에 입을 열건 말건 마음대로 해."

"이게 누구신가? 아, 조지로군. 넌 늘 일처리가 빨랐지. 규칙도 잘 알고 있고. 그럼 여기에 뭐라고 적혀 있는지 좀 볼까? 아, '해임!' 자네가 쓴 건가, 조지? 그럼 자네가 이곳 두목이 된 거로군. 다음에는 선장이 되겠네. 하긴 놀랄 일도 아니지."

그러자 조지 메리가 앞으로 한 발 나서며 말했다.

"그렇게 이죽거리지 마. 하긴 당신이 농담 따먹기를 좋아하긴 하지. 하지만 이제 당신은 끝난 거야."

실버가 코웃음 치며 대답했다.

"규칙들을 잘 안다고? 그렇다면 나는 아직 너희들 선장이야. 너희들이 불만을 다 털어놓고 내가 대답할 때까지는 선장이라고. 그때까지 이 딱지는 과자 부스러기일 뿐이야."

그러자 조지가 다시 입을 열었다.

"염려 놓으시지. 우린 무슨 이야기를 해야 할지도 다 상의해 놓았으니까. 우선 너는 이번 일을 다 망쳐놓았어. 두 번째로, 너는 적들을 이곳에서 빠져나가도록 내버려두었어. 세 번째로, 우리가 그놈들을 해치려 하는 걸 막았어. 너는 놈들과 한통속이 되려는 게 틀림없어. 마지막으로, 이 꼬마 놈을 왜 보호해주는 거지?"

"그게 단가?"

실버가 조용히 물었다.

"그걸로 충분하지! 네 탓에 모두 교수대에 목 매달린 채 말라비틀어질 신세가 되었단 말이야!"

"좋아, 모두 잘 들어. 내가 그 네 가지에 대해 답을 해주지. 내가 일을 다 망쳤다고? 허, 참. 너희들 모두 내 계획이 어떤 거였는지는 잘 알고 있지? 너희들이 모두 내 말을 따랐다면 우리는 지금 히스파니올라호 안에 있었을걸. 보물이 그득한 배 안에서 배를 떵떵거리면서 말이야. 젠장, 그런데 내게 거역한 게 누구였지? 이 합법적인 선장에게 내키지 않는 짓을 억지로 하게 만들어 일을 망친 게 누구였느냔 말이야! 앤더슨, 핸즈, 그리고 너 조지 메리였지? 일을 망친 건 그 세 놈이야. 두 놈은 황천길로 갔지. 그런데 남은 한 놈이 나를 밟고 선장이 되려고 해? 뭐야, 이런 엉터리 같은 경우가 또 있나?"

실버는 잠시 말을 멈추었다. 나는 슬쩍 조지와 그의 동료들 얼굴을 살펴보았다. 실버의 말이 어느 정도 효과를 본 것이 틀림없었다.

실버가 가만히 있자 모건이 말했다.

"계속해보시지. 나머지 문제에 대해서도 답을 해보라고."

"그래, 다른 문제들! 내가 답해주지. 너희들, 일을 다 망쳤다고 했지? 잘 알고 있군. 그렇다면 우리들이 지금 어떤 상황에 처해 있는지도 잘 알고 있겠네. 우리들은 교수대에 목이 매달리기 직전이라 이거야. 목에 쇠사슬이 칭칭 감긴 채, 주변에 새들이 들끓겠지. 너희들도 모두 한 번씩은 보았을 거야. 꼴좋겠네. 우리가 모두 그 신세가 될 판이라 이거야. 그게 다 누구 때문이지? 바로 저놈, 핸즈, 앤더슨, 그리고 멍청이 같은 네 놈들 때문이라 이거야.

내가 네 번째 문제에 대해 먼저 말해주지. 인질을 없애자고? 저 애는 인질이야. 저 애가 우리에게 마지막 기회일 수도 있다고. 그리고 세 번째가 뭐더라? 왜 그놈들을 살려 보내게 했느냐고? 네놈들은 대학을 졸업한 정식 의사가 우리에게 매일 찾아와서 우리를 봐주는 게 별일 아니라고 생각하나? 존, 너는 머리가 깨졌지? 그리고 너 조지 메리! 너는 여섯 시간 전만 해도 학질로 몸을 덜덜 떨고 있던 놈 아니야?

게다가 네놈들은 구조선이 온다는 걸 모르고 있지? 구조선이 올 거야. 그때 우리에게 인질이 있는 게 낫겠어, 없는 게 낫겠어? 그럼 두 번째 질문 한 가지가 남았나? 놈들하고 왜 협상을 했느냐고? 이놈들아! 제발 협상해달라고 내게 무릎 꿇고 빌던 놈들이 누구였지? 바로 네놈들 아니었나? 내가 협상을 안했으면 네놈들은 지금쯤 어떻게 되었을까? 다 굶어 뒈졌을 거야. 하지만 그건 아무것도 아니야. 내가 협상한 건 바로 이것 때문이란 말씀이야."

그 말과 함께 실버는 종이 한 장을 바닥에 내던졌다. 나는 한눈에 그것이 무엇인지 알아보았다. 바로 노란 종이에 그려진 지도, 내가 빌의 궤짝 안쪽에서 발견한 그 지도였다. 리브지 선생님은 왜 이 지도를 실버에게 준 것일까? 나는 도무지 영문을 알 수 없었다.

해적들은 모두 믿기지 않는다는 표정을 지었다. 그러더니 잠시 후 고양이가 쥐를 덮치듯 지도로 달려들었다. 해적들은 지도를 들여다보며 욕설을 내뱉기도 하고 웃음을 터뜨리기도 했다. 마치 보물을 손아귀에 넣고 막 출항을 앞두고 있는 자들 같았다.

그들 중 누군가가 소리쳤다.

"맞아, 이건 플린트가 분명해! 여기 J.F 라고 쓰고 그 밑에 밧줄 매듭 표시가 있잖아. 플린트는 늘 그렇게 했어."

해적들이 일제히 외쳤다.

"실버! 바비큐는 영원하다! 바비큐 만세! 선장 바비큐!"

그러자 실버가 의기양양하게 외쳤다.

"그럼 새롭게 결정이 난 건가? 조지, 자네는 다음 기회를 노려야 할 것 같은데……. 내가 복수 따위는 별로 즐기지 않는다는 걸 다행으로 여겨야 할 거야. 자, 이 검은 딱지는 찢어버려도 되겠지? 딕만 재수 옴 붙은 꼴이로군. 공연히 성경만 찢었으니 말이야."

그걸로 그날 일은 끝났다. 해적들은 술을 한 잔씩 마시고 잠자리에 들었다. 실버는 조지 메리에게 약간의 복수를 하긴 했다. 그에게 밤새 보초를 서라며, 잠시라도 게으름을 피우면 죽여버리겠다고 위협한 것이다.

나는 한동안 잠을 이루지 못했다. 그날 밤 내가 얼마나 깊은 생각에 잠겨 있었는지는 하느님만이 아실 것이다. 나는 그날 오후에 내가 죽인 사람에 대해 생각했다. 그리고 바람 앞의 등불보다 위태로운 내 상황에 대해 생각했다. 그러나 무엇보다 실버가 보인 태도에 대해 깊은 생각에 빠졌다.

그는 선원들의 반란을 잠재우는 한편, 우리 편과 손을 잡아 가능한 한 자신의 안전을 도모하려 하고 있었다. 실버는 편하게 잠에 빠져 코를 골고 있었다. 실버는 두말할 필요 없이 사악한 인물이었다. 하지만 그가 지금 맞이하고 있는 위험, 그를 기다리고 있을 교수대를 생각하고 나도 모르게 가슴이 아팠다.

제3장 리브지 선생님과 나눈 이야기

내가 잠에서 깨었을 때 "어이, 통나무집!"하고 멀리서 부르는 목소리가 들렸다. 반가운 목소리였다. 리브지 선생님이 울타리 밖에서 소리를 지르고 있었던 것이다. 나는 반가우면서도 한구석이 찜찜했다. 내 멋대로 몰래 빠져나왔던 생각에 선생님을 볼 면목이 없었고, 그 결과 내가 처하게 된 상황을 생각하니 죄송스럽기 짝이 없었다.

아직 날이 밝지 않은 것으로 보아 선생님은 새벽 일찍 출발한 게 틀림없었다.

이미 일어나 있던 실버가 환한 웃음을 띠고 외쳤다.

"의사 선생님이시군요! 밤새 안녕하셨습니까? 어이 조지! 어서 가서 선생님 들어오시게 도와드려."

그는 언덕 꼭대기에 서서 목발을 짚은 채 큰 소리로 떠들어 댔다. 목소리와 태도, 얼굴 표정이 이전의 요리사 실버 그대로 였다.

그가 계속 큰 소리로 외쳤다.

"그런데 선생님이 깜짝 놀랄 만한 일이 있습니다. 우리에게 꼬마 손님이 한 명 있습니다. 하하, 새로운 기숙사생이라고나 할까……."

통나무집 가까이 온 리브지 선생님이 말했다.

"짐 이야기인 것 같군. 하지만 우선 일부터 하세. 즐거움은 그다음으로 미루고. 환자들부터 살피도록 하세."

잠시 뒤 통나무집 안으로 들어온 선생님은 차가운 눈빛으로 나를 향해 고개를 한 번 끄덕이더니 환자들을 살피기 시작했 다. 자신의 목숨을 위협하는 해적들과 함께 있으면서도 선생님 은 조금도 걱정이 되지 않는 것 같았다. 마치 평온한 가정에 왕 진이라도 온 것처럼 선생님은 환자들과 이야기를 나누었다. 해 적들은 선생님이 여전히 히스파니올라호의 선상 의사이고 자 신들은 충성스런 선원들인 것처럼 행동했다.

그는 일일이 부상 입은 선원들을 돌아본 후 딕을 보자 말했다.

"아니, 이 친구 또 열병에 걸렸군."

그러자 모건이 옆에서 말했다.

"성경을 찢었으니 그렇게 된 거지요."

"그런 말 말게. 자네들 모두 당나귀처럼 멍청한 짓을 해서 그렇게 된 거야. 자네들이 독과 병균을 잔뜩 머금은 공기 속에서 지내서 그렇게 된 거야. 도대체 늪지대에서 야영을 하다니! 모두 말라리아에 걸릴 거야."

선생님은 약을 조제해 해적들에게 나누어주었고 해적들은 모두 공손히 약을 받았다. 사람을 함부로 죽인 해적들이 아니라, 얌전한 기숙학교 학생들 같았다.

이윽고 진료를 끝낸 의사 선생님이 말했다.

"자, 오늘은 이만하면 됐네. 난 이제 조용한 데로 가서 저 애랑 이야기를 좀 나누고 싶은데……."

그러자 모건의 표정이 돌변하며 으르렁거렸다.

"그건 안 되지요!"

그러자 실버가 나섰다.

"선생님, 저희들은 모두 선생님 호의에 감사드리고 있습니다. 그 보답으로 선생님이 원하시는 걸 들어드리고 싶습니다. 다만 한 가지 조건이 있습니다. 어이, 짐, 한 가지 약속을 해줄 수 있겠나? 넌 신사니까 명예를 걸고 약속해주겠지. 달아나지 않겠다고 약속할 수 있겠나?"

나는 곧바로 약속을 지키겠다고 말했다. 그러자 실버가 계속 말했다.

"좋아. 네 말을 믿지. 그러면 선생님은 우선 울타리 밖으로 나가 계십시오. 제가 저 아이를 그리로 데려가겠습니다. 둘이 울타리를 사이에 두고 얼마든지 이야기를 나눌 수 있을 겁니다. 그럼, 안녕히 가십시오. 트렐로니 선주님과 스몰렛 선장에게도 안부를 전해주십시오."

선원들이 불만에 가득 찬 불평을 털어놓았지만 실버는 그들을 간단히 제압했다.

"이, 하나만 알고 둘은 모르는 멍청이들! 이제 보물을 찾으러 나설 판인데 놈들과 협상을 깨서 시끄러운 일을 만들겠다는 거야! 그 전까지는 의사의 신발을 핥는 시늉도 해야 한다고! 놈들을 끝까지 속여야 한단 말이야."

해적들은 실버의 말솜씨에 눌려 그저 가만히 있을 수밖에 없었다.

나와 실버는 천천히 의사 선생님이 기다리고 있는 울타리 쪽으로 갔다. 선생님을 보자 실버가 말했다.

"선생님, 오늘 있었던 일을 기록해 놓으시기 바랍니다. 제가 어떻게 이 아이의 목숨을 구해주었는지, 제가 어떻게 선장 자리를 그대로 지킬 수 있었는지 이 아이가 다 말해줄 겁니다. 이제 우리의 거래에 제 목숨과 이 아이의 목숨이 달려 있습니다. 저는 목숨을 걸고 이렇게 해드리는 겁니다. 나중에 제가 한 일을 잊지 말고 제게 도움을 주십시오. 자, 저는 멀찍이 자리를 피해 드리지요. 두 분이 실컷 이야기를 나누십시오."

말을 마친 실버는 멀찌감치 나무 그루터기에 앉아 휘파람을 불기 시작했다.

단둘이 되자 의사 선생님이 약간은 슬픈 목소리로 말했다.

"결국 이렇게 되었구나. 자업자득이지. 그렇지만 널 야단치고 싶은 마음은 추호도 없다. 하지만 이 말만은 꼭 해야겠다. 스몰렛 선장이 그렇게 심한 부상을 당했는데, 그렇게 우리 곁을 떠난 건 정말 비겁한 짓이었다."

나는 선생님의 그 말에 울음을 터뜨렸다. 하지만 지체하고 있을 시간이 없었다. 선생님은 내게 울타리를 넘어 도망가자고 말했고, 나는 실버와의 약속을 깰 수 없다고 말한 후, 그간 내가 했던 모험에 대해 이야기를 해주었다. 특히 배를 되찾았다는 말을 해주자 의사 선생님은 탄성이 나오는 것을 억지로 참고 "배! 배를 되찾았다고!"라고만 목소리를 낮춰 외쳤다.

내가 이야기를 마치자 의사 선생님이 말했다.

"아무래도 이게 무슨 운명 같구나. 네가 매번 우리들 목숨을 구해주다니. 음모를 처음으로 알아낸 것도 너고, 벤 건을 찾아낸 것도 너니까. 참, 알고 보니 벤 건이라는 사람, 대단한 사람이다. 아무튼 지금 당장은 아니더라도 너를 여기서 빼낼 거다. 너를 이런 위험한 지경에 그냥 놔둘 수는 없어."

선생님은 거기까지 말한 후 실버를 불렀다. 실버가 가까이 오자 선생님이 실버에게 말했다.

"너무 서둘러서 보물을 찾으러 나서지 말게."

"하지만 보물을 찾지 않으면 제 목숨이나 저 애 목숨이나 제대로 붙어 있지 못할 것 같은데요."

"그렇다면 내, 한 가지만 더 말해주지. 보물을 찾았을 때, 제발 조심해야 하네."

"선생님, 무슨 말씀이신지 도통 알아들을 수가 없네요. 왜 통나무집을 포기하신 거지요? 왜 제게 지도를 주신 거지요? 제발 알아듣기 쉽게 설명을 좀 해주십시오."

"그만 묻게. 더 이상 말해줄 게 없네. 그건 내 권리가 아니야. 자네도 알겠지만 이건 나만의 비밀이 아니거든. 어쨌든 자네에게 희망을 주지. 우리가 여기서 빠져나가게 되면 내가 자네에게 유리한 증언을 해주겠네."

실버의 얼굴이 환해지자 의사 선생님이 말을 이었다.

"이번에는 부탁 겸 충고 한마디 하지. 이 아이를 늘 자네 곁에 두게. 그리고 도움이 필요하면 큰 소리를 치게나. 내가 단숨에 달려와 도와주지."

리브지 선생님은 울타리 사이로 손을 넣어 내 손을 잡았다. 그런 후 실버를 향해 고개를 끄덕인 후, 빠른 걸음걸이로 숲속으로 들어갔다.

제4장 보물 사냥 : 플린트의 표지

단둘이 있게 되자 실버가 내게 말했다.

"짐, 내가 네 목숨을 구해주었다면 너도 내 목숨을 구해준 셈이야. 나는 의사 선생이 너보고 함께 도망가자고 손짓하는 걸 봤어. 네가 그러지 않겠다고 하는 것도 봤고. 내 절대로 잊지 않으마."

바로 그 순간 해적 하나가 아침 식사 준비가 되었다며 우리를 불렀다. 우리는 곧 모래밭 여기저기에 앉아 비스킷과 소금에 절여 튀긴 고기를 먹었다. 헤픈 해적들 기질대로 먹을 수 있는 양의 세 배는 요리를 한 것 같았다. 나는 이토록 내일 일은 생각 않고 사는 사람들은 처음이었다. '하루 벌어 하루 먹고 산다'는 표현이 딱 맞는 사람들이었다.

식사를 하면서 실버가 해적들에게 말했다.

"어이, 자네들은 그렇게 먹기만 하는데, 이 바비큐는 그동안에도 머리를 쓰고 있다고. 다 너희들을 위해서야. 고마워할 줄 알아야 해. 그자들이 배를 가지고 있는 건 확실해. 다만 배가 어디에 있는지는 나도 몰라. 하지만 보물을 손에 넣고 나면 섬을 살살이 뒤져서 배를 찾아낼 거야. 보트가 있으니 아무 문제없어. 그리고 이 인질은 보물을 찾으러 갈 때 밧줄로 묶어서 함께 데려갈 거야. 만일에 무슨 일이 생길 때 대비해서라도 저 꼬마는 금덩어리처럼 소중하게 여겨야 해. 내 기필코 저놈을 우리 편으로 끌어들이고 말 거야."

당연히 해적들은 기분 최고였다. 하지만 나는 기분이 찜찜했다. 지금 실버는 양쪽 모두에게 배반자 노릇을 하고 있었다. 자기에게 유리하다는 판단이 서기만 하면 언제고 해적 편에 붙어서 시민으로서의 자유는 내팽개칠 수 있는 인물이었다. 또한 실버가 해적들을 배반하고 우리 편에 선다고 해도 위험천만이기는 마찬가지였다. 다리가 하나뿐인 실버와 아직 어린 내가, 팔팔한 장정 다섯 명과 어찌 맞설 수 있단 말인가!

게다가 내게는 도무지 풀 수 없는 수수께끼가 여전히 남아 있었다. 우리 편들은 왜 이 요새를 순순히 내주고 떠난 걸까?

지도는 왜 넘겨주었을까? 게다가 의사 선생님은 실버에게 보물을 찾았을 때, 제발 조심하라는 말은 왜 해주신 걸까? 때문에 나는 입맛도 없었으며 해적들과 함께 보물을 찾아 나섰을 때는 너무나 불안했다.

보물을 찾아 나선 해적 일행의 행색은 가관이었다. 다들 흙투성이 선원복 차림에 나를 빼놓고는 모두 완전무장을 하고 있었다.

실버는 앞뒤로 소총을 한 자루씩 멨고 허리에는 큰 칼을 찼다. 외투 양쪽 주머니에는 권총을 각각 한 자루씩 넣었으며, 어깨에 앵무새 '플린트 선장'이 앉아서 횡설수설하는 바람에 실버의 차림새는 더욱더 기묘해 보였다. 나는 허리를 밧줄로 묶인 채로 순순히 실버의 뒤를 따랐다. 다른 자들도 모두 잡다한 물건을 가지고 갔다. 곡괭이에 삽, 점심 때 먹을 돼지고기와 빵, 술을 짊어지고 갔다.

얼마 안 되어 우리는 해안에 도착했다. 해안에는 보트 두 척이 우리를 기다리고 있었다. 해적들은 지도를 펴놓고 갑론을박하며 노를 저어나갔다.

기억하고 있는 독자들도 있겠지만 지도 뒤편에는 이렇게 적혀 있었다.

키 큰 나무, 망원경의 부벽(扶壁), 북북동 방향, 북쪽으로
11.25도.
해골섬, 동남동 방향에서 약간 더 동쪽으로 10피트.

무엇보다 키 큰 나무를 찾아야 했다. 고원 꼭대기에는 소나무들이 다양한 크기로 빽빽하게 자라고 있었다. 이 중 어느 것이 플린트 선장이 말한 키 큰 나무인지는 그곳으로 직접 가서 나침반으로 방향을 재보아야 했다.

우리는 너무 서두르지 말라는 실버의 명령을 따라 천천히 노를 저어, 이윽고 망원경산 숲 사이로 흘러나오는 강어귀에 상륙했다.

일행은 고원으로 이어지는 비탈을 오르기 시작했다. 바닥이 질퍽이는 데다 식물들이 뒤엉켜 있어, 걸음이 더딜 수밖에 없었다. 하지만 점차 경사가 심해지면서 돌이 밟히기 시작했고 나무들 종류도 달라졌다.

우리가 약 1킬로미터 정도 비탈을 오르자, 고원 꼭대기가 가까워졌다. 그때였다. 일행 중 가장 왼쪽에 있던 자가 갑자기 고함을 질렀다. 일행은 모두 고함 소리가 들리는 곳으로 뛰어갔다.

"저 녀석이 보물을 보고 고함을 지른 건 아닐 거야. 보물은

당연히 더 높은 곳에 있을 거야."

늙은 모건이 뛰어가면서 중얼거렸다.

그곳에 가보니 과연 보물과는 거리가 먼 것이 우리를 반기고 있었다. 꽤 큰 소나무 밑동에 푸른 덩굴들이 자라고 있었고, 그 위에 작은 뼛조각들이 걸쳐 있었다. 하지만 그것만이 아니었다. 바닥에 넝마를 걸친 사람 해골이 누워 있었던 것이다.

그런데 시체의 자세가 영 이상했다. 해골은 곧게 누워 있었는데, 두 발을 가지런히 모은 채 한 방향을 가리키고 있었고, 두 손은 머리 위로 뻗은 채 반대 방향을 가리키고 있었다. 아무리 보아도 자연스러운 시체의 자세는 아니었다.

시체를 잠시 들여다보더니 실버가 말했다.

"음, 이 해골이 누운 방향을 따라 저 해골산 꼭대기와의 방위를 재봐."

실버의 말대로 방위를 재보니 시신은 해골섬의 방향을 일직선으로 가리키고 있었고, 나침반 바늘은 동남동쪽과 동쪽 사이를 가리키고 있었다.

실버가 외쳤다.

"내, 그럴 줄 알았지. 이 해골이 바로 표지야. 이 선을 따라가면 엄청난 보물이 있는 거야. 이건 플린트가 장난삼아 한 짓이 분명해. 여섯 명을 모두 죽인 후 이놈을 여기로 끌고 와 나침반에 맞추어 이렇게 해놓은 거야. 이놈 머리칼 색깔과 키로 보아 앨러다이스임에 분명해."

그러자 모건이 말했다.

"맞아, 앨러다이스야. 내게 빚을 진 놈이야. 그때 내 칼을 갖고 상륙했지."

그러자 누군가 말했다.

"그런데 이상하네. 왜 칼이 없지? 플린트가 부하 주머니나 뒤질 사람은 아니잖아."

그러자 실버가 외쳤다.

"젠장, 정말이네."

그러자 뼈들을 뒤적이던 조지 메리가 말했다.

"얼씨구, 그뿐 아니네. 동전 한 닢도 없고 담뱃갑도 없어. 이상한걸."

"이거 영 기분이 안 좋은걸. 이봐, 모건! 자네 플린트가 죽는 걸 틀림없이 봤다고 했지? 플린트 유령이 돌아다닐 리도 없고. 어쨌든 금화나 찾으러 가자고."

우리는 다시 걸음을 옮겼다. 하지만 아까처럼 숲을 뛰어다니거나 소리를 지르는 자는 없었다. 해적들은 서로 가까이 붙어

소리 죽여 속삭였다. 죽은 해적에 대한 공포가 그들의 영혼을
짓누르고 있었다.

제5장 보물찾기 : 숲에서 들려오는 목소리

우리는 산마루에 이르자 휴식을 취했다. 그곳에서는 양쪽으로 시야가 탁 트여 있었다. 서쪽 숲 너머로, 파도가 끊임없이 밀려오는 해안의 곶이 보였다. 뒤쪽으로는 정박지와 해골섬이 보였고, 너른 바다가 시원하게 펼쳐져 있었다. 머리 위로는 망원경산이 솟아 있었다. 멀리서 들리는 파도 소리와 숲속에서 들리는 벌레들 울음소리 외에는 아무 소리도 들리지 않았다.

실버는 나침반을 손에 들고 자리에 앉았다.

"여기 해골섬으로 이어지는 일직선 지점에 세 그루의 나무가 있지. '망원경산의 부벽'은 저 바위가 돌출한 부분을 가리키는 게 분명해. 이제 보물을 찾는 건 식은 죽 먹기야. 그 전에 뭔가 요기를 좀 하고 싶은데⋯⋯."

그러자 모건이 중얼거렸다.

"난 별로 먹고 싶은 생각이 없어. 플린트 생각 때문에 입맛도 없어."

"그래? 그렇다면 플린트가 죽은 걸 다행으로 여겨야겠군."

해골을 발견한 이래로 해적들은 겁에 질린 듯 거의 속삭이며 이야기를 나누었다. 그리고 플린트를 떠올릴 때마다 몸서리를 쳤다.

그런데 바로 그때였다. 앞쪽 숲 한가운데서 누군가 가늘고 떨리는 목소리로 부르는 노래가 들려왔다. 내게 아주 익숙한 노래였다.

죽은 자의 궤짝 위에 열다섯이 있었지…….
에헤라! 럼주가 한 병!

해적들이 얼마나 공포에 질렸는지는 상상에 맡기겠다. 놈들 여섯은 모두 마법에라도 걸린 듯 얼굴이 새하얗게 질렸다. 어떤 자들은 펄쩍 뛰어 일어났고, 옆에 있는 동료를 부여잡은 자도 있었으며, 모건은 땅에 납작 엎드렸다.

"플린트야!" 조지 메리가 소리쳤다.

노래는 시작 때와 마찬가지로 갑자기 그쳤다. 마치 노래하는 자의 입을 누군가 틀어막은 것 같았다.

실버가 창백해진 입술 사이로 간신히 말을 내뱉었다.

"자, 정신들 차리자고. 누구 목소리인지는 모르겠지만, 분명히 살아 있는 놈 목소리야. 내가 장담해."

그 말을 하면서 그는 용기를 되찾았고 안색도 정상으로 돌아왔다. 다른 자들도 실버의 말에 힘을 되찾고 조금씩 정신을 차렸다. 그때 같은 목소리가 다시 들려왔다. 이번에는 노랫소리가 아니라 멀리서 누군가를 부르는 희미한 소리였다. 그 소리는 메아리가 되어 망원경산에 희미하게 울려 퍼졌다.

그 목소리는 이렇게 울부짖고 있었다.

"다비 맥그로우! 다비 맥그로우!"

이어서 감히 이 자리에 옮겨 적기 어려운 사나운 욕설과 함께 "어서 럼주를 이리 가져와, 다비!"라는 고함 소리가 들렸다.

해적들은 눈알이 당장 튀어나올 것 같은 모습으로 그 자리에 얼어붙어 있었다. 목소리는 이미 사라지고 들리지 않았지만 그들은 여전히 겁에 질린 채 똑바로 앞을 바라보고 있었다.

누군가 숨 가쁜 목소리로 말했다.

"이제 분명해! 어서 도망가자."

"그래, 저건 분명히 플린트가 배에서 마지막으로 한 말이야!" 모건이 신음하듯 내뱉었다.

딕은 성경을 꺼내서 열심히 기도하고 있었다.

실버도 이를 부딪치며 떨고 있었다. 하지만 그는 기가 꺾이지 않았다. 그가 정신을 추스르고 목소리에 힘을 주고 말했다.

"제길, 나는 이 섬에 보물을 찾으러 온 거야. 그 누구건 나를 이길 수 없어. 그깟 플린트, 살아 있건 죽은 유령이건 조금도 무섭지 않아. 플린트가 살아 있을 때도 나는 그를 무서워하지 않았어. 오히려 그가 나를 무서워했다고! 좋아, 어디 유령을 만나 보자고! 자, 힘들 내. 500미터도 안 되는 곳에 70만 파운드가 있어. 그렇게 많은 돈 앞에서 죽은 놈 하나 때문에 꽁무니를 빼면서 '부자 신사'라고 할 수 있어?"

하지만 그의 말에도 해적들은 여전히 용기를 내지 못했다. 오히려 실버의 말 때문에 더 두려워하는 것 같았다.

조지 메리가 말했다.

"그만해, 존! 유령을 건드리지 말란 말이야!"

"유령? 좋아, 그럴 수도 있겠지. 하지만 뭔가 이상하단 말이야. 너희들 모두 메아리를 들었지? 그런데 유령에게 그림자가 있어, 없어? 없잖아. 그런데 어떻게 메아리가 있단 말이야?"

내가 보기에 그다지 설득력 있는 주장 같지는 않았다. 하지만 조지 메리는 실버의 말에 적이 안심이 되는 것 같았다.

"그래. 맞아, 존. 머리를 괜히 달고 다니는 건 아니로군. 곰곰 생각해보니 저건 플린트 목소리 비슷하긴 해도 사실은 아닌 것 같단 말씀이야. 저건, 저건, 그러니까……."

그러자 모건이 벌떡 자리에서 일어나며 외쳤다.

"젠장, 저건 벤 건이야!"

그러자 메리가 소리쳤다.

"그래! 벤 건 따위를 겁낼 사람은 아무도 없어! 놈이 살아 있건 죽었건, 놈은 하나도 겁낼 게 없다고!"

그들이 다시 용기를 되찾았고 혈색도 정상이 되었다. 그들은 메리의 인도로 곧장 보물이 있는 곳을 향해 발걸음을 옮겼다. 메리의 말대로 살아 있건 죽었건 벤 건 따위는 신경도 쓰지 않았다. 딕만이 여전히 겁에 질린 눈으로 성경을 든 채 사방을 두리번거리고 있었다. 게다가 몸도 편치 않아 보였다. 리브지 선생님이 말한 열병이 피로와 공포로 인해 악화되어 가고 있는 것이 틀림없었다.

정상에 올라간 후 우리는 다시 내리막길을 걸어갔다. 우리는 섬의 북서쪽을 가로질러 가고 있었고 어느덧 망원경산의 어깨

쪽에 가까이 하고 있었다.

우리는 드디어 지도에 표시된 큰 나무를 발견했다. 어디서나 한눈에 띌 정도로 거대한 나무였다. 해적들은 흥분했다. 저 아래 어딘가에 70만 파운드가 묻혀 있다! 그들이 모두 흥분할 만했다. 그들의 눈은 이글거리고 있었고 걸음걸이도 점차 빨라졌다.

실버도 보물이 당장 눈앞에 있다는 생각에 본색을 드러냈다. 나와 한 약속이나 의사 선생님과 나눈 말들은 보물 앞에서 모두 흘러간 과거가 되어버렸다. 이제 보물을 손에 넣은 뒤 나머지들을 어떻게 해치우고 섬에서 떠날 수 있을까, 궁리하는 것이 분명했다.

그의 생각을 제대로 읽었다고 생각하자 나는 몸이 떨렸고, 비틀거리기도 했다. 그럴 때마다 실버는 밧줄을 거칠게 잡아당기며 당장에라도 잡아먹을 것 같은 눈으로 나를 노려보았다.

우리는 드디어 덤불 숲 가장자리에 다다랐다. 해적들은 일제히 앞으로 달려갔다. 하지만 놈들은 얼마 가지 않아 그 자리에 우뚝 멈춰 섰다. 목발로 땅을 짚어가며 나를 끌고 가던 실버도 역시 우뚝 멈춰 설 수밖에 없었다.

그렇다! 우리들 눈앞에 커다란 구덩이가 모습을 드러낸 것이다! 그 안에는 곡괭이가 하나 놓여 있었고, 주변에는 궤짝에서 떨어져 나온 듯한 널빤지들이 몇 개 흩어져 있었다. 널빤지 한 가운데는 '월러스'라는 낙인이 보였다. 플린트의 배였다.

모든 것이 분명해졌다! 누군가 보물을 이미 발견하고 가져간 것이다! 70만 파운드가 사라져버린 것이다!

제6장 보물은 어디로?

해적 여섯은 모두 충격을 받아 정신이 없었다. 하지만 실버는 머리 회전이 빨랐다. 그는 어느새 내게 부드러운 눈길을 던지고 있었다. 그는 재빨리 계획을 변경한 것이다.

그는 내 손에 2연발 권총을 쥐어주며 말했다.

"짐, 이걸 가지고 있어라. 소란이 일어날 것에 대비하고 있어야 해."

동시에 그는 슬며시 구덩이 반대쪽으로 나를 데리고 움직였다. 그리고 나머지 다섯과 구덩이를 사이에 두고 마주 섰다. 나는 그의 재빠른 변신이 역겨워 한마디 했다.

"또 편을 바꾸었군요."

하지만 대답할 겨를도 없었다. 해적들이 고함을 지르며 구덩이 안으로 뛰어들었던 것이다. 하지만 그들이 찾은 것은 겨우 2기니짜리 금화 한 닢이었다.

메리가 금화를 흔들어 보이며 실버에게 외쳤다.

"이게 70만 파운드야? 이 멍청아! 이걸 찾으려고 우릴 여기까지 데려온 거야!"

실버가 냉정하고 오만한 목소리로 말했다.

"어디, 더 파보시지. 혹시 알아? 귀한 송로버섯이라도 나올지."

"송로버섯! 여보게들, 저 말 들었나? 저놈은 처음부터 다 알고 있었던 거야. 저 상판대기를 보라고! 저기 다 쓰여 있어!"

"얼씨구, 메리! 또다시 선장 후보로 나서셨군! 정말로 장래가 유망한 녀석이야!"

하지만 이번에는 모두 메리 편이었다. 해적들은 실버를 사납게 쏘아보면서 모두 구덩이에서 기어 나와, 실버 반대편에 섰다.

두 편은 그렇게 얼마간 대치하고 있었다. 마침내 메리가 자기 편을 북돋으려는 듯 입을 열었다.

"이보게들, 저놈들은 둘뿐이야. 한 놈은 우리를 여기까지 끌고 와 생고생을 시킨 늙은 외다리고, 다른 한 놈은 심장을 도려내도 시원찮을 애송이야."

그 말과 함께 메리는 팔을 치켜들었다. 앞장서서 우리를 공격할 태세였다.

바로 그때였다. 덤불 속에서 탕! 탕! 탕! 하는 세 발의 총성이 울렸고, 메리가 구덩이 안으로 곤두박질쳤으며 머리에 붕대를 감은 자는 그 자리에 쓰러져 숨이 끊어졌다. 나머지 세 명은 몸을 돌려 줄행랑을 쳤다. 롱 존 실버는 구덩이 안의 메리에게 두 발 연속 사격을 했고 메리는 실버를 향해 두 눈을 부릅뜬 채 숨을 거두었다.

동시에 의사 선생님, 그레이, 벤 건이 아직 연기가 피어오르고 있는 소총을 들고 나무들 사이에서 나타나더니 우리들을 향해 다가왔다.

실버가 선생님께 말했다.

"선생님, 정말 감사합니다. 정말 때맞춰 나타나주셨군요. 저를 위해서나 호킨스를 위해서나……. 그런데 이게 누구야……. 벤 건 아니야!"

그러자 벤 건이 뱀장어처럼 몸을 꼬며 말했다.

"그래, 나 벤 건이오. 안녕하시오, 실버 양반."

실버가 중얼거리듯 말했다.

"쳇! 나를 이 꼴로 만들어놓고 안녕하냐고!"

우리가 보트가 있는 곳까지 느긋하게 걸어가는 동안 의사 선생님은 그동안 있었던 일을 간단하게 이야기해주었다. 나도 실버도 그토록 궁금해했던 이야기였다.

그 이야기의 주인공은 바로 섬에 버려졌던 벤 건이었다. 벤 건은 오랫동안 섬을 이리저리 돌아다니다가 그 해골을 발견했다. 해골 주머니에 아무것도 없었던 것은 벤 건이 이미 그걸 뒤졌기 때문이었다. 벤은 결국 보물을 찾아냈다. 곡괭이 자루로 보물을 파낸 벤 건은 그 보물을 자기가 지내고 있던 동굴까지 여러 번에 걸쳐 등에 지고 날랐다. 보물은 히스파니올라호가 도착하기 두 달 전에 이미 안전한 곳에 보관되어 있었던 것이다.

의사 선생님은 해적들의 공격이 있던 날 오후에 그 소식을 벤 건에게서 들었다. 그리고 쓸모없어진 지도를 해적들에게 주었다. 벤 건의 동굴에는 소금에 절인 염소 고기가 넉넉했고 지내기도 좋았기에 통나무집과 식량도 그들에게 양보해주었다.

의사 선생님은 나를 만난 다음, 동굴로 돌아가 자초지종을 이야기한 후, 나를 구하기 위해 그레이와 벤 건을 데리고 길을 나섰다. 그런데 해적들이 일찍 출발한 것을 알게 된 선생님은 벤 건을 미리 보내 해적들의 발걸음을 지연시키라고 했다. 벤 건은 해적들의 미신을 이용해 플린트 역할을 한 것이고 그 작전이 멋지게 성공해서 의사 선생님과 그레이는 때맞춰 도착할 수 있었다.

우리는 보트가 있는 곳에 도착했다. 의사 선생님은 구덩이에서 가져온 곡괭이로 그중 한 척을 부숴버렸다. 우리는 나머지 한 척의 보트에 올라 해안을 빙 돌아 섬 북쪽 끝으로 향했다.

두 봉우리의 산을 지날 때 벤 건의 동굴 입구가 시커먼 모습을 드러냈다. 동굴 입구에는 소총을 든 사람이 한 명 서 있었다. 트렐로니 대지주였다. 우리는 손수건을 흔들며 환호성을 질렀다. 실버 역시 누구 못지않게 열렬히 우리들의 환호성과 함께했다.

우리는 북쪽으로 5킬로미터 정도 더 보트를 몰았다. 그곳, 만 안쪽으로 들어섰을 때, 히스파니올라호가 우리를 맞았다. 그런데 히스파니올라호는 멀쩡하게 물 위에 떠 있었다. 밀물에 배가 떠오른 것이다. 만일 남쪽 정박지처럼 바람이 강하게 불고 파도가 센 곳에 있었다면 배는 사라져버렸거나 영 못 쓰게 되었을 것이다. 히스파니올라호는 주 돛만 망가졌을 뿐 멀쩡했다. 우리는 새 닻을 준비해 물속으로 던졌다.

얼마 후 우리는 벤 건의 동굴로 갔다. 트렐로니 대지주가 우리를 반겨주었다. 그는 내 무단이탈에 대해서는 일언반구도 없이, 그냥 따뜻하게 나를 대해주었다. 실버가 그에게 공손하게 인사하자 그가 말했다.

"존 실버! 이 몹쓸 악당에 사기꾼 같으니라고! 자네를 고발하지 말라는 이야기를 들었지. 그렇게 하겠네. 하지만 자네 목에는 자네 때문에 죽은 사람들이 돌처럼 매달려 있을 거야."

"정말 감사합니다, 나리."

실버가 경례를 붙이며 말하자 대지주가 소리쳤다.

"그 입에서 감사하다는 소리가 나와? 어서 내 눈앞에서 썩 없어져버려!"

우리는 모두 동굴로 들어갔다. 정말 널찍하고 좋은 곳이었다. 작은 샘과 맑은 웅덩이가 있었고, 양치식물들이 그 주변에서 자라고 있었다. 모닥불이 피워져 있었고 그 옆에 스몰렛 선장이 누워 있었다. 그리고 모닥불 불빛이 희미하게 비치는 한쪽 구석에 엄청난 양의 금화와 겹쳐서 쌓아올린 금괴들이 있었다. 우리가 그토록 찾아 헤맸던 보물이었고, 히스파니올라호에 탔던 사람들 중에 열일곱 사람의 목숨을 사라지게 한 보물이었다.

이렇게 많은 보물을 모으기 위해 얼마나 많은 사람들이 희생되었을까? 얼마나 많은 피와 눈물을 흘리게 했을까? 얼마나 많은 배들이 바닷속으로 가라앉았으며 얼마나 많은 용감한 사람들이 바다에 빠졌을까? 얼마나 많은 대포 소리가 울렸을 것이며, 얼마나 많은 거짓, 치욕, 잔인무도한 짓들이 난무했을까?

스몰렛 선장이 내게 말했다.

"어서 오너라, 짐. 네가 꽤 훌륭한 아이인 건 맞다. 하지만 다시는 너와 함께 바다에 나가고 싶지 않다. 너는 좀 다루기 어렵고 그건 내 취향이 아니거든."

에필로그

    다음 날 보물들을 배로 옮기기 위해 모두 바빴다는 이야기는 해줄 필요가 없을지도 모른다. 나는 금괴를 옮기는 데는 별 도움이 되지 않을 성 싶어 동굴에 남아 주화를 분류해서 빵 자루에 담았다. 이 세상 모든 주화들이 거기 모여 있는 것 같았고, 양도 엄청나서 허리가 쑤시고 손가락이 아릴 정도였다. 보물을 나르고 분류하는 작업은 며칠 동안 계속되었다. 매일 저녁 보물을 배에 실었지만 다음 날 아침이면 또 한 무더기가 쌓여 기다리고 있었다.

    실버는 완전히 자유를 누리고 있었다. 물론 실버는 사람들에게 따돌림을 당하고 있었다. 하지만 그는 자신이 완전히 사면을 받은 것처럼 행동했다. 솔직히 말하자면 그가 온갖 멸시를

견뎌내며 공손한 태도로 모두의 비위를 맞추려 드는 것을 보고 나는 그가 정말 대단하다는 생각까지 하게 되었다.

그동안, 우리가 쫓아낸 해적들은 전혀 모습을 드러내지 않았다. 가끔 총소리를 듣고 사냥을 하는구나, 라고 생각했을 뿐이었다. 우리는 회의를 열어 놈들을 이 섬에 두고 가기로 결정했다. 우리는 꽤 많은 화약과 총알, 소금에 절인 염소 고기, 약품과 필수품, 연장, 옷들을 남겨 두었으며 담배도 남겨 두었다.

우리가 출항하던 날, 해적들이 모래톱에 무릎을 꿇고 앉아 두 팔을 번쩍 들고 애원하는 모습이 보였다. 그들을 이 외딴 곳에 버려두고 간다는 것이 마음이 아팠다. 하지만 의사 선생님은 그들을 두고 가는 게 마음에 걸리기는 하지만 또다시 반란의 위험을 무릅쓸 수는 없다고 말했다. 또한 그들을 데려가 교수대에 세우는 것보다는 이곳에 놔두고 가는 것이 그들에게 친절을 베푸는 것이라고 덧붙였다.

우리는 돌아오는 도중 중남미에서 가까운 항구에 잠시 정박했다. 선원을 보충하기 위해서였다. 우리는 육지에 둘러싸인 매우 아름다운 만에 닻을 내렸다. 해가 막 질 무렵이었다. 나와 의사 선생님, 트렐로니 씨는 뭍에서 저녁 시간을 보내기 위해 해안으로 갔다. 우리는 정말 즐거운 시간을 보냈다. 우리가 히스파니올라호로 돌아왔을 때는 이미 동이 트고 있었다.

그런데 갑판에서 우리를 맞이하는 벤 건이 묘한 표정을 하고 있었다. 그는 우리에게 뜻밖의 사실을 털어놓았다. 실버가 사라졌다는 것이다. 그리고 그가 나룻배를 타고 사라지는 모습을 보고도 자신은 가만히 있었다고 털어놓았다. 벤 건은 우리들의 목숨을 지키기 위해서라고 강변했지만 사실 그는 실버를 옛날 조타수로 생각해 두려워하고 있었다.

그런데 '바다의 요리사'는 빈손으로 사라진 것이 아니었다. 그는 벤 건 몰래 금화 자루를 하나 들고 사라졌다. 아마 삼사백 기니는 들어 있던 자루였던 것 같다. 우리는 실버를 싼값에 처리했다며 모두 만족해했다.

이제 정말로 간단하게 줄이기로 하자. 우리는 그곳에서 선원 몇 명을 고용해서 무사히 귀환했다. 우리가 브리스톨항에 도착했을 때는 브랜들리 씨가 막 구조선을 보내려던 참이었다. 항해에 나섰던 사람들 중에 무사히 돌아온 것은 나를 포함해서 여섯 명뿐이었다. 우리는 모두 엄청난 보물을 나누어 가졌고 각자 취향대로 그 보물을 사용했다.

스몰렛 선장은 이제 바다에서 은퇴해서 조용히 산다. 그레이는 돈을 저축한 뒤 배를 모는 공부를 했다. 이제 그는 아주 훌륭한 장비를 갖춘 배의 항해사이자 선주가 되었다. 그는 결혼해서 가정도 꾸렸다.

벤 건은 자기가 원하던 1,000파운드만 가졌다. 그런데 그걸 열아흐레 만에 다 탕진하고, 그다음 날 다시 돈을 얻으러 왔다. 그리고 문지기 자리를 얻었다. 자기가 원하는 건 그런 게 아니라고 하던 바로 그 자리를 얻은 것이다. 벤 건은 시골 아이들과 함께 지내고 있는데 아이들은 벤 건을 놀려대면서도 그를 아주 좋아한다. 그는 교회에서 성가대 대원으로도 활동하고 있다.

실버 소식은 전혀 듣지 못했다. 이 무시무시한 외다리 뱃사람이 내 삶에서 깨끗하게 사라진 것이다. 하지만 나는 그가 흑인 아내를 다시 만나 앵무새 플린트 선장과 함께 잘 지내고 있으리라고 확신한다. 그리고 나는 그가 그렇게 되기를 진심으로 바란다. 그가 저 세상에서 행복하게 지낼 확률은 거의 없기 때문이다.

내가 알기로는 은괴와 무기들은 그 보물섬에 그대로 남아 있다. 하지만 내가 그것을 가지러 가는 일은 없을 것이다. 나를 황소에 묶어 그 저주받은 곳으로 끌고 가려 해도 소용이 없을 것이다. 내가 지금도 가끔 꾸는 가장 고약한 악몽은 바로 그 섬에 대한 꿈이다. 그 악몽 속에서는 그 섬의 해안가에서 우르릉거리던 파도 소리가 내게 들린다. 그리고 때로는 앵무새 '플린트 선장'의 찢어지는 듯한 목소리가 귓전에 울리기도 한다.

"은화 여덟 닢! 은화 여덟 닢!"

『보물섬』을 찾아서

　『보물섬』을 다시 읽고 쓰면서 나는 내 유년기로 돌아간다. 내가 『보물섬』을 읽고 있었을 때 아마 창문을 두드리는 빗소리가 들렸던 것 같다. 그 빗소리를 들으며 나는 내가 '벤보우 제독 여관'에 있는 것처럼 느꼈었다. 나는 짐 호킨스가 되어 온갖 모험을 함께 했다. 나는 그와 함께 바다 물결을 헤치며 망망대해를 나아가고 있었고, 해골섬을 탐험했다. 가만히 생각해보면 그 시절의 나를 『보물섬』에 푹 빠지게 만든 것은 보물섬에 묻혀 있는 '보물'에 대한 호기심이 아니었다. 나는 이 소설의 주인공 호킨스가 겪는 모험 자체에 함께 빠져든 것이다.

　그렇다. 사람들에게는 누구나 마치 유전자처럼 '모험'을 향한 호기심이 들어 있다. 물론 모험은 위험하다. 하지만 위험에

도 불구하고 모험에 뛰어들고 싶은 자연스러운 욕구를 갖고 있는 게 바로 인간이다.

여러분에게 한번 물어보자. 여러분은 모험을 해보았는가? 이 소설의 주인공처럼 보물을 찾아 나선 적이 있느냐고 묻는 것이 아니다. 미지의 세계를 향해 호기심을 느끼고, 그 호기심을 채우기 위해 행동에 나서 본 적이 있느냐고 묻는 것이다. 다른 식으로 물어보자. 안전한 미래가 보장되어 있는 확실한 길을 뿌리치고, 불확실하고 위험한 길, 그러나 호기심에 가슴을 두근거리게 만드는 길을 택해 본 적이 있는가?

아마 대부분은 그러고 싶어도 그러지 못했다고 대답할 것이다. 세상 모두가 우리에게 안전한 길을 권하고 있기 때문이다. 그 길에서 벗어나는 것은 위험하다고 경고하고 있기 때문이다.

사실이다. 모험은 위험하다. 하지만 따지고 보면 우리의 삶 자체가 이미 위험한 것이다. 우리의 삶 자체가 이미 모험이다. 우리는 결코 우리가 이미 살아본 길을 되밟아 갈 수 없다. 우리는 언제나 새로운 미지의 삶을 산다. 우리 앞에는 스스로 개척해야 하는 미지의 길만이 놓여 있을 뿐이다. 우리의 삶은 우리가 처음으로 개척하고 만들어 가는 것이다. 그 누구도 나 대신 그 길을 갈 수 없다.

그렇다면 안전한 길만 간다는 것은 무엇을 뜻하는가? 남들이 이미 살아온 길을 그대로 따르겠다는 것과 다름없다. 물론 그것도 중요하다. 인간은 결코 홀로 살 수 없기 때문이다. 또한 우리보다 먼저 살았던 많은 사람들이, 우리를 사랑하는 우리 곁의 사람들이, 어떻게 사는 것이 제대로, 올바르게 사는 길인지 우리들에게 훌륭한 조언들을 많이 해주고 있기 때문이다.

하지만 그것만으로는 결코 충분하지 않다. 잘못하다가는 우리는 자신을 잃고 남의 삶을 살 우려가 있다. 남들의 삶으로부터 그 무언가 배우는 것, 아주 중요하다. 하지만 그건 내 삶이 아니다. 그가 아무리 훌륭한 사람이라 할지라도 내가 그의 삶을 살 수는 없다. 그 길이 안전해 보인다고 그와 비슷한 사람이 되려고만 애쓰는 것은 마치 새처럼 하늘 높이 날고 싶다고 해서 새의 날개를 내 어깨에 다는 것과 비슷한 일이다. 그 길은 안전한 길인지는 몰라도, 결국 아무것도 이룬 것 없이 자기 자신을 잃게 만드는 길이다.

우리가 모험 소설, 모험 영화에 빠져드는 것은 바로 그 때문이다. 모험 소설과 모험 영화를 보면서 우리는 우리가 따르고 있던 안전한 길에서 잠시 일탈해서, 새로운 길을 찾아 떠난다. 그 모험에 동참하면서 우리는 미지의 세계를 향한 호기심을 발

동시킨다. 과감히 말한다면 그렇게 되면서 살아 있다는 기쁨과 매력을 느낀다. 그렇다. 모험은 단순히 일상으로부터의 일탈을 뜻하지 않는다. 모험은 우리에게 우리가 살아 있다는 기쁨, 우리 삶의 매력을 다시 느끼게 해주는 삶의 동력이다.

여러분들 앞에도 어느 날 이 소설의 주인공 짐 호킨스처럼 낯선 사람이 찾아올지도 모르고, 보물섬 지도가 주어질지도 모른다. 그러면 도망가지 말라. 과감하게 모험의 길로 나서라. 그러면 자신의 어깨에 자신의 날개가 돋는 것을 느끼게 될지도 모른다.

로버트 루이스 스티븐슨(Robert Louis Stevenson, 1850~94)은 1850년 11월 13일, 스코틀랜드의 에든버러 하워드 플레이스에서 태어났다. 아버지는 등대 토목 기사였다. 부모는 그가 토목 기사가 되기를 원했으나 그는 작가의 길을 걷겠다고 부모에게 말했다. 안전한 길보다는 모험의 길을 택한 셈이다.

하지만 1883년 『보물섬』을 쓰기 전까지 그는 작가로서 그다지 성공을 거두지 못한 상태였고, 가족의 생계를 위해 작가의 길을 포기해야 하는 게 아닌가 걱정하고 있었다.

그런 그가 『보물섬』을 집필하게 된 데는 재미있는 사연이 있다. 그해 여름, 스티븐슨은 가족과 함께 스코틀랜드 북부로 휴가를 떠났다. 그런데 날씨가 궂었기에 그의 의붓아들 로이드는 집에서 그림을 그리며 보냈다. 어느 날 로이드는 섬 지도를 한 장 그렸다. 스티븐슨은 그 지도를 조금 더 정교하게 가다듬은 후, '해골섬', '망원경산'과 같은 지명을 붙이고 몇 군데 붉은 색연필로 십자 표시를 했다. 그리고 그 섬에 '보물섬'이라는 이름을 붙였다.

그러자 로이드는 보물섬에 대한 이야기를 해달라고 졸랐고 스티븐슨은 아들과 가족들에게 들려주기 위해 소설을 쓰기 시작했다. 그리고 아들을 위해 쓴 작품이 대성공을 거두게 된 것이다.

스티븐슨의 『보물섬』은 일종의 신화다. 그래서 계속 재탄생한다. 스티븐슨의 『보물섬』은 모든 모험 소설의 원형이 되고 있으며, 영화, 연극, 드라마로 끊임없이 재탄생하고 노래와 게임 등에 영감을 주고 있다.

이 소설에서 가장 독특한 캐릭터를 한 명 꼽으라면 바로 외다리 해적 롱 존 실버다. 그는 철저히 이중적인 인물이다. 교활하고 야비한 악당이면서, 유쾌하고 재치도 있으며, 힘도 세고 판단력도 빠른 인물이다. 게다가 리더십도 있어서 동료 해적들의 존경도 받는다. 한마디로 영웅과 악당의 이미지가 혼합되어 있는 인물인 것이며 바로 그렇기에 많은 연출가, 배우에게 영감을 주었다.

그가 얼마나 매력적인 인물인가 하는 것은 오손 웰스, 찰턴 헤스턴, 앤서니 퀸, 잭 팰런스 등, 당대를 풍미했던 대배우들이 앞다투어 그의 역을 재해석해 연기한 것을 보면 알 수 있다. 그뿐이 아니다. 그는 이후의 수많은 작품들 속에서 해적의 원형이 되었다. 예를 들어 로만 폴란스키 감독의 〈해적〉에 나오는 레드 선장은 롱 존 실버의 성격을 그대로 빼닮았으며, 〈캐리비안의 해적〉에서 조니 뎁이 연기를 맡은 잭 스패로우의 캐릭터도 롱 존 실버에서 영감을 받았다고 지적하는 사람들이 많다.

스티븐슨은 『보물섬』이후에도 수많은 작품들을 썼고, 그중 1886년에 발표한 『지킬 박사와 하이드 씨』는 인간 내부의 이중성을 본격적으로 보여준 기념비적인 작품이라는 평을 받고 있다. 그는 1894년 비교적 젊은 나이에 우폴루섬의 자택에서 사망했다.

보물섬

생각하는 힘: 진형준 교수의 세계문학컬렉션 69

펴낸날	**초판 1쇄 2021년 11월 5일**

지은이	**로버트 루이스 스티븐슨**
옮긴이	**진형준**
펴낸이	**심만수**
펴낸곳	**(주)살림출판사**
출판등록	**1989년 11월 1일 제9-210호**

주소	**경기도 파주시 광인사길 30**
전화	**031-955-1350** 팩스 **031-624-1356**
홈페이지	http://www.sallimbooks.com
이메일	book@sallimbooks.com

ISBN	978-89-522-4315-7 04800
	978-89-522-3984-6 04800 (세트)